KB097811

그럼에도 불구하고

나는　내가 좋았어

그럼에도 불구하고
나는 내가 좋았어

박채린 지음

북플레저

1장 · 야금야금 오늘의 행복을 챙겨 먹습니다

2장 타인을 위해 나를 2등의 자리에 두지 말 것

3장

완벽하지 않을 지라도
괜찮은 내 인생

4장

그럼에도 불구하고
사랑에 주저하지 않기를

'100만 유튜버' 트로피를 던져버리고 난 후 발견한 진짜 행복

2023년 제 인생에 커다란 토네이도가 나타나 모든 걸 휩쓸고 사라졌습니다. 명문대를 다니며 유튜버로서 커리어를 쌓아가던 어느 평범한 하루였습니다. 나름 반듯하고 열심히 사는 이미지를 가지고 있던 저는 순식간에 스캔들의 한 가운데에 서게 되었습니다.

대중을 상대하는 크리에이터라는 직업을 갖고 있었기에 스캔들은 치명적이었습니다. 그동안 제가 쌓아온 모든 이미지는 나락으로 떨어졌고, 매일 불특정 다수의 사람들이 저를 질타하고 조롱했습니다. 제가 하지도 않은 일로 말이죠. 한때 가장 사랑했던 사람과는 적이 되었고, 한순간에 사랑, 직업, 평판 그리고 '나 자신'까지 잃어버리게 되었습니다.

온라인에서 빠르게 퍼진 소문은 그 어떤 방법으로도 주워 담을 수 없었습니다. 루머와 부정적인 소문은 아주 작은 소재거리만 있어도 빠르고 쉽게 퍼지지만, 그로 인해 발생한 리스크를 회복하기 위해서는 엄청난 노력이 필요합니다.

내 삶에 한 치의 오점도 용납할 수 없었던 저는 매 순간 스스로를 채찍질하며 살았습니다. 그렇게 미친듯이 노력하며 달려왔는데 갑자기 커다란 주홍글씨가 이마에 새겨져버렸고, 저는 큰 충격에 빠졌습니다.

100만 유튜버로 구독자분들의 사랑을 과분하게 받은 상태였기 때문에 이런 상황이 더욱 드라마틱하게 느껴졌어요. 모두가 나를 욕하고 있는 것 같고, 다시는 재기할 수 없을 것만 같은 느낌이 내 몸을 휘감았습니다.

길을 지나가다가 나를 쳐다보는 누군가와 눈이 마주치

기라도 하면 '그거 사실 아니에요! 저 그런 사람 아니라구요!'라고 해명이라도 해야 할 것 같았습니다. 게다가 가족, 친구, 지인 누구에게도 마음 편히 기댈 수 없었습니다. 나를 너무나 걱정하고 있을 걸 알았기 때문에 어쭙잖게 괜찮은 척을 해야 했죠. 그렇게 저는 인생의 최저점을 찍고 사회로부터 자신을 단절시켰습니다.

그런데 참 이상했습니다. 홀로 방안에 앉아 있던 저는 그제야 온전히 '나 자신'과 마주할 수 있게 되었습니다. 나의 세상은 무너져 내리고 있는데, 동시에 마음은 고요하고 차분해졌죠.

사회적 평판과 평가가 벗겨진 벌거벗은 나와 함께하는 시간은 즐겁기까지 했어요. '어떻게 다시 훌훌 털고 일어날 수 있을까' 고민하며 과거의 나는 어떻게 시련을 극복했는지 복기해보았죠. 동시에 '왜 이런 일이 생겼을까' 후회하기보단 현생에 더 집중해보기로 했습니다.

빌딩 꼭대기에서 억지로 끌어내려졌지만, '이미 올라갔던 계단을 처음부터 다시 올라가보자'고 다짐하며 이전엔 미처 느껴보지 못했던 새로운 감정들을 만나기도 했습니다.

저는 100만 구독자를 가진 대형 채널을 과감하게 버리고 새로운 공간에서 저만의 이야기를 써내려가기로 했습니다. 이전에는 단순히 흥미, 조회 수를 유도하기 위한 콘텐츠를 만들었다면, 이제는 내가 하고 싶었던 얘기들을 하리라 다짐했습니다. 그리고 힘 좀 내라고, 다 괜찮을 거라고 스스로에게 해주고 싶었던 얘기들을 모아 영상으로 만들기 시작했습니다. 내가 좋아하는 것들도 몽땅 담아서요.

걱정 가득한 시작이었지만, 생각보다 많은 분들이 제 영상으로 위로받았다고 해주셨어요. 저에게 아낌없는 격려도 보내주셨죠. 그렇게 제 채널은 이런저런 고민에 대한 이야기를 나눌 수 있는 장이 되었고, 구독자들과 저는 서로 격려와 위로를 주고받을 수 있게 되었습니다.

사실 저는 그저 행복하게 살고 싶어서 노력했을 뿐이에요. 하지만 어려움을 딛고 일어나 다시 살아내는 제 모습이 누군가에게는 큰 위로가 된 것 같습니다. 저 또한 누군가가 나로 인해 큰 위로를 받았다는 사실에 한층 더 쓸모 있는 인간이 된 것 같아요. 지금은 제 영상으로 인해 한

분이라도 좋으니 내일을 더 행복하게 살아갈 힘을 얻었으면 좋겠다는 생각입니다.

이 책은 이런 저의 마음을 가득 눌러 담은 결과물입니다. 저의 마음속 깊은 곳에 있던 이야기들, 지금의 제 자신이 있기까지의 발자취 등을 오롯이 담아냈습니다. 영상 매체(유튜브)라는 한계 때문에 온전히 표현하기 어려웠던 이야기들과 온라인이라는 공간의 특성상 생략할 수밖에 없던 이야기들도 함께 실었습니다.

저라는 사람이 단단해 보이는 이유, 다시 일어설 수 있었던 이유, 사랑하고 사랑받는 걸 두려워하지 않는 이유도 찾아보실 수 있을 거예요. 이 책을 통해 여러분의 삶이 조금 덜 힘들고, 조금 더 따듯해지길 바랍니다.

박채린 드림

1장

야금야금 오늘의 행복을
챙겨 먹습니다

오늘의 행복한 내가 모여 행복한 미래를

만들어간다는 생각으로

내 자신을 조금 더 사랑해주면 어떨까요?

행복은 저축이 안 되니까요!

반드시 실패하고 말 거야.
하지만

정말 미안한 이야기지만 이 책을 읽고 있는 당신은 앞으로, 분명히, 계속해서 안 좋은 일을 겪게 될 겁니다. 좋은 말을 해주지는 못할망정 첫줄부터 난데없이 악담을 퍼붓다니. 이 책을 당장 버리고 싶으실지도 모르겠어요. 아니면 책을 환불하기 위해 영수증을 급히 찾느라 이 챕터를 다 못 읽은 분들이 계실지도요. 제 첫 책의 첫 줄을 이렇게 시작해서 걱정되긴 하지만 저는 결코 여러분에게 악담이나 저주를 하려는 게 아니에요.

세계 최고의 부자에게도 불행은 찾아오고, 옆집 사는 5살 꼬마도 좌절을 겪게 됩니다. 만약 살면서 하나부터 열까지 모든 일이 마음먹은 대로 이뤄졌고, 힘든 일을 겪은 적이 한 번도 없었다면 당신은 신인 게 분명합니다. 인간에겐 결코 불가능한 일이니까요.

살면서 힘든 일을 겪는다는 건 너무나 당연한 사실이에요. '남들은 다 잘 사는 것 같은데, 나만 왜 이렇게 힘들지?'라고 좌절하셨다면, 일단 숨 한 번 돌리고 안도하셔도 돼요. 나 혼자만 힘든 게 아니니까요!

그렇기에 불행이 찾아오지 않길 기도하기보다는 힘든 일을 마주했을 때 어떻게 행동하고 마음먹을지 고민하는 게 더 중요해요. 인생에서 갑자기 찾아오는 시련은 노력으로 피할 수 없지만, 내 행동과 마음은 어떠한 경우에도 내가 노력으로 바꿀 수 있으니까요.

이 생각을 중심에 두고 있다면, 그 어떤 통제 불가능한 고난과 역경이 찾아와도 문제없습니다. 내가 컨트롤할 수 있는 나의 행동과 마음가짐 하나로 이 고난을 통제 불가능의 영역에서 통제 가능한 영역으로 다시 끌어올 수 있으니까요.

⌘ 쏟아지는 소나기에도 당황하지 않는 법

아무런 예고 없이 마른하늘에 갑자기 소나기가 내린다고 생각해볼까요. 아니면 학교 다니던 때를 떠올려도 좋아요. 학교 수업이 모두 끝나고 집에 가야 하는데 갑자기 비가 쏟아져서 난감했던 경험 모두 있죠. 우리는 아주 어렸을 때부터 '비는 갑자기 내릴 수 있다'는 사실을 여러 번 경험해왔어요.

운 좋게 가방 안에 우산이 있다면 가장 좋겠지만, 대부분은 그렇지 않죠. 그럴 때 대부분의 사람들은 비를 맞기보다 피할 여러 가지 방법을 고민합니다. 자연스럽게 주변 건물 처마나 근처 카페로 가 비가 그치길 기다리기도 하고, 마트나 편의점에 들어가 우산을 사기도 해요.

비가 온다고 하늘을 원망하면서 좌절하는 사람은 없어요. 예기치 못한 비가 내린다는 상황 앞에서 우리는 자신의 선택으로 어려움을 완벽하게 컨트롤해요.

인생도 마찬가지입니다. 소나기라는 통제할 수 없는

상황을 마주했을 때 우산을 찾는 것처럼 인생에서 힘든 일이 일어날 때도 '우산'을 찾으면 돼요. 시련 앞에 무너져내리기보다 어떻게 극복할 수 있을지 생각해보는 거죠. 우산을 찾으러 가는 길에 비를 조금은 맞을 수도 있겠지만, 그러면 또 어떤가요? 그 정돈 금방 다시 말릴 수 있을 거예요.

비가 거의 내리지 않는 곳에서 살아온 사람도 있겠지요. 저는 어렸을 때 두바이에서 잠시 살았었는데, 그곳은 비가 거의 내리지 않아요. 1년에 비 내리는 날이 몇 번 되지 않아 손에 꼽을 정도였어요. 비가 온다고 해도 분무기로 물을 흩뿌리듯 아주 짧고 적게 왔어요.

그런데 제가 두바이에 살고 있을 때 딱 한 번 비가 '제대로' 내렸어요. 우리나라에선 애교 수준의 강수량이었지만, 그곳엔 그 정도로 비가 내린 적이 거의 없었기 시내 교통이 마비되었고, 집에 가는데 평소보다 3배나 더 오래 걸렸었지요. 비가 올 거라고 예상하지 않았기 때문에 배수체계가 제대로 갖춰져 있지 않았던 거예요.

비가 단 한 번도 내리지 않는 인생을 살아가는 사람이

라면 갑자기 쏟아지는 비에 크게 당황하겠죠. 하지만 비가 종종 내리는 곳에 산다면 괜찮을 거예요. 예고 없이 어떤 일이 일어날 수도 있다는 사실을 아는 것과 모르는 것의 차이는 너무나 크답니다. 언제든 소나기가 내릴 수 있다는 사실을 알고 있는 것만으로도 큰 도움을 얻을 수 있으니까요.

✳ '잘될 거야'라는 주문에 숨겨진 작은 괄호

저는 어릴 때 부모님 직장 때문에 전학을 많이 다녔어요. 심지어 나라를 바꿔가면서 전학을 다니기도 했죠. 두바이도 그중 하나였고요. 유치원, 초등학교, 중학교, 고등학교 모두 절반 정도는 해외에서 학교를 다녔을 정도였습니다.

같은 나라 안에서 전학을 가도 적응하기 어려운데, 전혀 새로운 나라로 전학을 다녔던 거죠. 그래서 그런지 저는 어떤 환경에서도 적응할 수 있는 사람이 되었어요.

하지만 처음부터 그랬던 건 절대 아니에요. 외국에 살다가 초등학교 4학년 때 한국으로 전학을 왔는데, 어려서 그런지 크게 걱정이 없었어요. 부모님도, 선생님도 모두 '잘될 거야', '잘 적응할 수 있을 거야'라고 해주셨는데 어린 마음에 그걸 곧이곧대로 믿었죠.

그렇게 순탄할 거라 생각하고 씩씩하게 새 학교로 등교했습니다. 하지만 문화 차이에서 오는 크고 작은 어려움이 셀 수 없이 많아서 적응하기 너무나 어려웠어요. 학교생활이 어렵지 않을 거라 생각했기 때문에 충격이 더 컸던 것 같아요. 시간이 지나며 점점 학교생활에 적응하긴 했지만, 그렇게 되기까지 꽤 오랜 시간이 걸렸죠.

그렇게 시간이 흘러 다시 외국에 나가 학교를 다니다 고등학교 1학년 때 한국에 들어오게 됐습니다. 원래는 외국에서 고등학교까지 졸업하고 귀국하려고 했는데, 예기치 못하게 당겨지게 되었어요. 이때도 주변 사람들이 모두 '잘될 거야'라고 응원해주셨어요.

하지만 저는 이 말에 한 가지 조건을 달았습니다. '잘되긴 하겠지. 하지만 그 과정에서 정말 많은 어려움과 의도치 않은 실수도 있을 거야'라고 생각하기로 했죠. 이렇게 마음의 준비를 하고 등교하니 이번엔 정말 빠르게 적응할 수 있었어요.

한국 고등학교 전학 첫날, 마지막으로 거울을 보며 '그래. 오늘 당황스러운 일이 최소 3가지는 일어날 거야. 하지만 괜찮을 거야'라고 스스로에게 이야기했던 기억이 있어요. 그렇게 스스로에게 최면을 걸며 현관문을 열고 나갔습니다.

역시나 등굣길에서부터 당황스러운 일이 벌어졌습니다. 저는 한국 학생들이 교복에 운동화를 신고 등교한다는 사실을 몰랐어요. 그래서 나름 신경 써서 예쁘고 단아한 구두를 골라 신고 등교했어요. 교복 치마에 구두는 한국 고등학생들 사이에서는 좀처럼 보기 드문 광경이었기 때문에 이것 하나만으로 순식간에 '이상한 애가 전학 왔다'는 소문이 퍼졌습니다.

쥐구멍으로라도 도망치고 싶었지만 다행히 아침에 거울을 보며 이미 예언(?)했던 상황이기 때문에 주눅 들지 않기로 했습니다. 저에게 관심을 갖고 다가오는 친구들에

소나기를 만났을 때 우산을 찾는 것처럼

인생에 힘든 일이 일어날 때도 우산을 찾으면 돼요.

어떻게 극복할 수 있을지 생각해보는 거죠.

게 역으로 신발 이야기를 먼저 꺼내며 외국 학교는 어떤지 얘기해줬어요.

그러니 고맙게도 점심시간이 되자 수많은 친구들이 먼저 관심을 보여줬지요. 외국에서 살다온 애 얘기 좀 들을 거라며 앞다퉈 저를 챙겨주더라고요. 오로지 저의 행동과 대처만으로 저는 반나절 만에 '이상한 애'에서 '재밌는 애'로 신분을 세탁할 수 있었습니다.

우리는 누군가 응원하고 싶거나 스스로의 마음을 다잡고 싶을 때 '잘될 거야'라는 말을 주문처럼 외웁니다. 하지만 누군가 나에게 이 말을 해주었을 때 오히려 힘이 빠진 적이 있지 않나요. 우리 인생은 결코 쉽지 않은데, 이 말은 인생이 너무 쉬운 것처럼 느껴지게 해요. 그리고 나는 이 쉬운 것조차 이겨내지 못하는 사람처럼 여겨지곤 하거든요. 그럴 땐 제 경험처럼 여러분도 '잘될 거야'라는 말 앞에 작은 괄호를 넣어보세요.

(반드시 실패하고 실수할 거야. 그래도) 잘될거야.

언제든 예보 없이 비가 올 수 있다는 사실을 알고 있듯, 언제든 예고 없이 어려움이 찾아올 수 있다는 사실을 떠올려 보세요. 그때마다 위의 주문을 외워보는 거죠. 갑자기 내리는 소나기에 옷이 조금 젖더라도 툭툭 털고 우산을 사러 가듯 실패에도 잘 견뎌낼 수 있게 될 거예요.

부서져도 괜찮아.
다시 붙이면 되니까

채린이는 그 어떤 공격도 다 튕겨내는 것 같아. 꼭 보이지 않는 보호막이 있는 것처럼.

지인이 제게 해준 이야기인데요. 다른 친구들에게도 '강철 멘탈'이란 소리를 종종 듣습니다. 여러분은 '멘탈이 강한 사람' 하면 어떤 이미지가 떠오르세요? 저는 이 단어를 들으면, 자신만만한 사람을 거대한 성벽이 둘러싸고 있는 그림이 그려져요.

하지만 '내가 그런 사람인가?' 하고 되물으면 '난 아닌데?'라는 답이 나오죠. 여러분 중 멘탈이 강하다는 이야기를 듣는 분들도 '내가 그런 사람인가?'라는 질문에 '난 그런 사람은 아닌데?'라고 생각하실 거예요.

저는 화살이 날아오면 그 화살을 다 맞으면서 피 흘리고, 폭탄이 날아오면 다 맞으면서 이리저리 나뒹구는 한없이 나약한 사람이에요. 그동안 많은 고난과 시련이 있었고 저는 그것을 온전히 겪으며 끊임없이 흔들리고 무너졌어요.

나는 이렇게 평범한 사람인데, 남들은 저를 '강철 멘탈'이라고 말해주니 이상하더라고요. '혹시 내가 멘탈이 강한 척하는 건가?' 하는 생각이 들 정도로요.

�֍ 강철 멘탈보다 단단한
고무줄 멘탈

지인들은 왜 저를 '강철 멘탈'이라고 부르는 걸까요?

그런 사람이 정말 존재하긴 할까요? 사실 태어났을 때부터 멘탈이 강한 사람은 없을 거예요. 그러면 사람들이 단단하다고 느끼는 사람들은 어떤 모습일까요?

만약 낯선 고난과 시련에 절대 흔들리는 사람이 있다면, 그 사람은 외부의 영향을 받지 않는다는 뜻이겠죠. 그는 고난과 시련을 이겨내는 자신의 모습을 자랑스러워 할 수 없고, 고난과 시련을 이겨내는 과정에서 발전할 수도 없을 거예요. 또 외부 영향에 무감각하기 때문에 성벽 밖에서 불어오는 봄바람을 느끼지도, 성벽 밖에서 울려 퍼지는 노랫소리도 들을 수 없겠죠.

외부의 여러 자극으로부터 자신을 완벽히 차단하는 사람은 멘탈이 강한 사람이 아니에요. 오히려 시련과 고난을 더 잘 그리고 자주 느끼며 민감하게 반응하는 사람의 멘탈이 더 강하답니다.

이들은 저처럼 끊임없이 흔들리지만, 그것을 잘 회복해내요. 누군가 그들을 조금만 밀어도 쉽게 넘어지지만 이내 툭툭 털고 일어나죠. 혹독한 겨울이 찾아오면, 바람을 막아줄 성벽은 없지만 스스로 땔감을 찾아 추위를 견디는 사람들이 더 강인한 것처럼요.

심리학에서는 이런 힘을 '회복탄력성'이라고 하는데, 아무리 늘어나도 제자리로 돌아오는 고무줄처럼 자신의 상태를 원래대로 되돌릴 수 있는 힘을 뜻해요. 저 역시 고난과 자극에 민감하게 반응하지만, 그것을 금방 극복해내는 사람인 것 같아요.

저 스스로를 그렇게 생각하는 데는 이유가 있는데요, 몇 년 전에 겪었던 한 에피소드를 소개할게요. 대학교 재학 시절 어느 잡지사 인턴에 지원해 면접을 보는데, 면접관이 물어보셨어요.

자신을 동물에 비유한다면, 어떤 동물인가요?

다른 지원자들은 강아지, 호랑이 같은 동물을 언급하며 자신의 장점은 어필했죠. 드디어 제 차례가 되었는데, 저도 모르게 이상한 대답이 튀어나왔어요.

저는 바퀴벌레 같은 사람입니다.

사실 전날 밤 바퀴벌레가 나오는 영상을 보고 잠들었는데 바퀴벌레는 머리를 자르고, 몇 달을 굶기고, 핵전쟁이 일어나도 살아남는다고 하더라고요. 지구에서 가장 회복력이 강한 생물이라면서요. 그래서 저도 바퀴벌레처럼 어떤 상황도 이겨내고 회복해낼 수 있다는 뜻으로 답한 거였는데, 면접에서는 떨어지고 말았죠.

친구들은 아직도 이 이야기를 하며 저를 놀려요. 숨겨도 모자랄 제 흑역사를 영원히 박제될 책에 적은 이유는 저는 제 자신을 '다쳐도 회복하는 사람'이라고 생각하고, 또 그렇게 되기 위해 노력한다는 이야기를 하고 싶었기 때문이에요.

�֍ 높은 곳에서 떨어져야
더 많이 뛰어오를 수 있는 트램펄린처럼

그렇다면 어떻게 회복탄력성을 기를 수 있을까요? 우리는 인생에서 성공과 실패를 거듭해서 경험하게 됩니다. 이때 '실패를 두려워하지 않는 마음'을 갖는다면 회복탄력성을 계속해서 키워나갈 수 있죠. 이를 위해 이 세 가지를 꼭 기억해보세요.

① 인생에서 시련은 늘 찾아온다.
② 그 시련을 이겨내려고 하더라도 결국 실패할 수도 있다.
③ 이 사실을 받아들이고, 실패하더라도 결코 무서워하지 말자.

실패가 더 이상 두렵지 않게 된다면, 우리는 그 실패에서 벗어나 다시 원래 상태로 돌아갈 수 있게 돼요. 물론 자신을 자책하거나 과거를 떠올리는 과정을 겪어야겠지만요. 하지만 이 과정 끝에 '실패하더라도 괜찮아'라는 마음을 갖게 된다면 우리는 다시 원래 상태로 뛰어오를 수 있을 거예요.

더 신기한 것은 이 상태가 반복되면 '무슨 일이 있어도 난 원래 상태로 돌아갈 수 있어!'라는 스스로에 대한 믿음이 생기고 더욱 빠른 시간에 시련의 그늘에서 벗어나는 강한 멘탈을 갖게 된다는 것이죠.

때로는 절대 이겨낼 수 없을 것 같은 시련과 도전이 우리 앞을 버티고 있을 때도 있어요. 그 벽이 너무 높고 두껍게 느껴져서 감히 뛰어넘을 생각조차 할 수 없을 때도 있죠.

하지만 높은 곳에서 떨어져야 원점 이상으로 뛰어오를 수 있다는 것을 기억하세요. 떨어지는 게 무서워서 도전조차 하지 못한다면, 우리는 평생 같은 위치에 머무르게 될 거예요.

피겨 스케이팅 선수는 점프 기술 하나를 연마하기 위해 수없이 도전하고, 넘어진다고 해요. 넘어지는 게 두려워서 도전하지 못한다면, 빙판 위에서 아름다운 기술을 선보일 기회를 얻을 수 없겠죠. 그러니 작든 크든 실패를 두려워하지 않는 마음을 갖는 게 중요해요.

생각해보면 거대한 성벽이 나를 감싸고 있고, 내가 그 성벽에 의지하는 것보다 내 자신에게 공격을 이겨낼 힘이 있다는 게 더 매력적이지 않나요? 끊임없이 흔들리세요. 그리고 그 흔들림을 두려워하지 마세요.

우리 인생이 반드시 힘들 수밖에 없다면, 힘든 상황을 반대로 이용해서 나를 성장시키는 도구로 이용해보면 어떨까요. 그러다보면 우리는 원점보다 더 높이 뛰어오르는 사람이 될 테니까요.

행복은 소소한
것들에서부터

긍정적인 마음을 가져보세요.

몇 년 전 일이 풀리지 않아 답답한 마음에 심리 상담을
받은 적이 있어요. 그때 이 얘기를 도돌이표처럼 들었어
요. 모든 대화의 끝이 결국 저 한 마디로 돌아가곤 했죠.

당시엔 제 마음이 조금 비뚤어져 있었는지 팔짱을 끼
고 입을 꾹 닫은 채 속으로 생각했어요. '아니 그걸 누가 몰
라? 긍정적으로 생각하고 싶은데 그게 안 되니까 상담을

받는 거겠지!'

돌이켜보면 저는 심리 상담 선생님이 마법사처럼 내 문제를 해결해줄 거라고 기대했던 것 같아요. '긍정적인 마음을 가지라'는 선생님의 말은 이론적으로 따져보면 맞는 말이지만 진짜 어려운 문제는 '긍정적으로 생각하는 방법' 그 자체인 것 같아요. 머리로는 백 번 천 번 이해되지만, 막상 마음이 안 따라줄 때가 너무 많거든요.

저는 태생적으로 낙천적인 사람이 아니에요. MBTI 검사를 하면 'T'가 97%까지 나오는 무시무시한(?) 사람이죠. 이렇게 시니컬한 저에게 '긍정적으로 생각해라', '시련조차 감사하며 살아라' 같은 사람들의 말은 하나도 와닿지 않았어요.

저는 이 말들에 '긍정적으로 생각할 일이 아닌데 어떻게 긍정적으로 생각해?', '감사하지 않은데 어떻게 감사해?'라고 생각했어요. 스스로의 고지식한 마음 안에 갇혀서 그 누구의 말도 들을 수 없었던 거죠. 심지어 머리로 '좀 긍정적으로 생각해보자'라고 다짐할 때 조차도요!

❋ 하는 일이 안 풀리더라도
우리는 행복할 수 있어요

도대체 저는 왜 이렇게 삐뚤어지게 생각했던 걸까요. 되짚어보면 당시 저는 좋아했던 것들을 많이 잃어버린 상태였어요. 좋아했던 사람들과 멀어지고, 소소한 취미들도 사라졌죠. 일과 삶에 너무 많이 치이다보니 나를 행복하게 해주는 게 무엇인지도 다 잃어버렸어요.

우리는 '내가 이루는 성과가 곧 나의 가치를 증명한다'고 느끼기 쉬운 세상에 살고 있어요. 성과주의 사회에선 내가 하는 공부나 일이 잘돼야 행복할 거라는 생각이 들고, 공부나 일이 잘 풀리지 않았을 땐 행복하면 안 될 것 같은 죄책감마저 듭니다. 저 또한 정신차려보니 성과주의의 삶을 살아가고 있더라고요.

10대 땐 좋은 대학에 들어가기 위해 미친 듯한 학업 경쟁에 참가해야 했어요. 10대 때 즐길 수 있었던 반짝반짝한 것들 전부 놓치면서요. 어른이 된 후엔 유튜브 크리에이터란 직업을 택하면서 제 발로 무한 경쟁의 전쟁터로 들어갔습니다.

　유튜브를 하며 종종 매일 진열대에 놓여 선택받기를 기다리는 상품이 된 것 같은 기분이 들기도 했어요. 당장의 결과에 일희일비하면서요. 그렇게 저는 인생 대부분의 시간을 성취만을 위해 달려왔던 것 같습니다. 성취만이 나의 행복을 만들었고, 목표를 이루지 못한 삶은 절대 행복하지 않을 것 같았죠.

　성취가 곧 행복이 되는 삶은 참 버거워요. 이론적으로만 생각하면 작년보다 올해 더 발전하고, 10년 전보다 10년 후가 더 발전하는 게 맞죠. 대부분의 사람들은 그렇게 되길 바라며 살아요.

　직장인이라면 누구나 작년보다 올해 더 높은 연봉을 받고 싶어 하고, 유튜브 크리에이터라면 작년보다 올해 더 많은 구독자가 생기길 기대하죠. 사업가는 지난달보다 이번 달 매출이 더 높아지리라 기대하고 수험생은 지난 모의고사보다 이번 모의고사 성적이 더 잘 나오길 바라게 됩니다.

시간이 지날수록 더 많이 성장하고 싶은 건 인간의 당연한 욕구지만 현실은 꼭 그렇지만은 않아요. 우리가 노력하는 만큼 성장하고, 매년 더 나아지는 삶을 살게 된다면 더할 나위 없이 좋겠지만, 사실 인생이 완벽한 상승 곡선인 사람은 없습니다.

살다 보면 작년보다 올해 매출이 떨어질 때도 있고, 승진은커녕 해고를 당하는 일도 있을 테고, 기껏 재수했더니 현역 때보다 성적이 더 나빠질 수도 있어요. 이렇게 후퇴하지 않더라도, 내 일과 성과의 성장이 멈추기도 합니다. 모든 일이 무한대로 발전 가능한 긴 아니니까요!

저는 한때 100만 유튜브 채널을 운영하면서, 엄청나게 많은 구독자분들과 함께하고 있었습니다. 그럼에도 불구하고 어느 순간부터 내 자신이 계속 정체되어 있는 듯한 답답한 마음에 사로잡히게 되었어요. 100만이라는 숫자를 본 이상 이 분야에서는 더 이상 성장하는 건 불가능해보였거든요.

성취와 행복을 동일하게 여기는 삶을 살았기에 100만 구독자라는 꽤나 대단한 성취를 이뤄냈음에도, 다시는 달성하지 못할 고점을 찍었음에도 그 당시에는 어리석게도 매일 불행하다고 느꼈어요.

참 아이러니하지 않나요? 이루기 전에는 '저것만 이룰 수 있다면 뭐든 할 수 있을 것 같은데' 하고 간절히 생각했는데, 막상 이루고 보니 전혀 행복하지 않다는 사실이요.

그런데 말입니다. 우리는 계속해서 성과를 내지 않아도 돼요. 그래도 행복하게 살 수 있어요. 우리는 이 세상에 태어난 순간부터 축복받은 존재들이에요. 그저 이 세상을 살아간다는 것만으로도 충분히 아름답고, 존중받을 권리가 있죠. 내 행복, 나 자신의 가치는 내가 이루는 성과에만 달려 있어서는 안 되고, 달려 있지도 않습니다.

인생의 성과는 깔끔한 상승 곡선이 아니라 끊임없이 요동치는 물결과 같아요. 나의 행복이 이 성과 그래프를 따라 같이 요동치게 된다면 너무 힘들지 않을까요? 성과 그래프가 요동치더라도 내 행복이 일정 수준으로 유지되어 날 지켜줄 수 있다면 너무나 든든하겠죠?

실제로 우리는 어떤 불운이 나를 덮치더라도 행복해질 수 있습니다. 내가 통제할 수 없는 거창한 것들 뿐 아니라 내가 통제할 수 있는 아주 작은 것 사이에도 행복은 숨어있으니까요.

직장에서 성과가 좋지 않더라도, 사업이 잘 풀리지 않더라도, 성적이 잘 나오지 않더라도 나는 그 존재만으로도 행복해도 되는 사람입니다. 공부나 일 따위는 감히 우리의 가치를 결정할 수 없습니다.

첫 소절부터 소름이 쫙 듣는 노래를 발견하거나 언제 먹어도 맛있는 음식을 먹거나 하는 작은 행복의 순간들이 결국 나를 더 단단하게 만들어 줍니다. 그래서 인생 그래프가 요동치더라도 결국 계속 나아갈 수 있게 도와줄 거예요.

나만의 행복 매뉴얼 찾기

진짜 힘들고 슬픈 상황을 겪으며 절망하고 있다가도, 맛있는 치킨 한입에 또 언제 그랬냐는 듯 기분이 갑자기 좋아진 경험 있으신가요? '나는 위장이 뇌를 지배하고 있나?'라고 자책할 필요 없어요. 왜냐면 이런 상황이야 말로 우리가 인생에서 아무리 큰 시련을 겪고 있더라도 즐거움을 줄 수 있는 일들이 꽤나 많다는 걸 보여주는 아주 좋은 예시거든요.

공기 좋은 숲속을 산책하며 바람 쐬는 것으로 행복해도 되고, 좋아하는 음식을 만들어 먹으며 행복을 느껴도 돼요. 꼭 거창한 무언가를 하지 않더라도, 매일 조금씩 행복할 수 있어요.

저는 요즘 강아지와 30~40분 정도 산책을 하며 동네 구경하기, 아침에 일어나서 새로 산 예쁜 잔에 직접 커피를 내려 마시는 등을 실천하며 소소하게 행복을 충전하고 있답니다.

혹시 일상에서 큰 노력 없이 행복해질 수 있는 자신만의 행동이 있나요? 한번 찬찬히 생각해보세요. 내가 기분이 안 좋아지는 순간, 바로 나의 기분을 바꿔줄 나만의 매뉴얼을 만들어나가는 거죠! 힘든 순간이 올 때마다 꺼내 쓸 수 있는 나만의 매뉴얼이 있다면, 부정적인 감정이 들 때 그

것으로부터 조금 더 빨리 헤어나올 수 있을 거예요.

　　이렇게 일상 속 작은 행복의 경험이 축적되면서 우리 마음이 조금씩 단단해지는 것 같아요. 그만큼 매일 매일을 행복함을 줄 수 있는 작은 것들로 채워야 한다는 말이기도 하죠.

　　내가 매일 매일 작은 행복을 느끼며 사는 것이 곧 나를 단단하게 만들 수 있는 방법이라는 사실. 내가 반드시 행복해야 할 엄청난 이유가 생긴 것 같아서 참 좋지 않나요? 일상 속 나에게 소소하게 행복을 주는 것들이 뭐가 있을지 오늘 바로 찾아봐야겠죠?

　　당신에게도 행복한 일이 매일 일어날 수 있길!

오늘의 행복한 내가 모여
평생의 내가 된다

저는 학창 시절 공부를 꽤나 잘하는 편이였습니다. 생각해보면 제가 공부를 잘할 수 있었던 원동력 중 가장 큰 비중을 차지했던 게 부모님의 달콤한 속삭임이었던 것 같아요.

대학만 가면 네가 하고 싶은 거 다 할 수 있어.

이 달콤한 한마디에 속아넘어간 또래 친구들은 저 말

고도 많았지만, 저는 유독 이 한 마디에 깊이 빠져 있었어요. 현실에 있는 모든 고통과 고난을 '대학 입학'이 해결해 줄 거라고 철석같이 믿었죠. 동시에 대학만 들어가면 매력적으로 보이는 것들이 모두 내 것이 될 것만 같은 최면에 걸려 있었어요.

길가다 예쁜 옷이 보이면 '대학 가면 저거 입을 수 있어', 드라마 속 남녀의 애절한 로맨스를 볼 때면 '대학 가면 나도 저거 할 수 있어'라고 생각했죠. 사이비 종교에 빠진 사람처럼 주문을 계속 외웠어요. 어리긴 했지만 한 번이라도 냉정하게 생각했더라면 '대학 입학' 하나로 모든 행복이 내 것이 될 수 없다는 것 쯤은 알았을 텐데요.

마법의 주문과도 같았던 그 한마디는 대학에 입학한 후 저주로 변해버리고 말았습니다. 목 빠지게 기다리던 대학 생활이 시작되어 학교를 다녀보니, 생각보다 별 게 없었거든요. 내가 기대하고 상상했던 캠퍼스 생활은 없었고 일상이 너무나 평범해 크게 당황했었어요.

⌘ 미래라는 삶의 연료가 가져다준 딜레마

결국 인생의 다음 스텝을 밟기 위해 또다시 경쟁을 해야 했고, 대학 입학만 하면 자동으로 해결될 것만 같았던 문제들은 여전히 존재했죠.

수험생 때는 앞으로 다가올 하루하루가 너무 기대됐고, 그 기대감 하나만으로도 힘든 일을 모두 참을 수 있었어요. 새벽 2시까지 공부하느라 피곤에 절어 있어도 반짝거리는 미래만 생각하면 눈이 번쩍 떠졌으니까요.

하지만 대학 입학 후에는 더 이상 이런 기대감을 가질 수 없었어요. 그렇게 기대했던 삶을 살고 있는데, 정말 별게 없다는 걸 몸소 깨달았으니까요. 앞으로 내 인생에서 딱히 기대할 일은 또 없겠구나 싶어서 암울했어요.

어쩌면 저는 '미래에 대한 기대감'을 삶의 원동력으로 끌어쓰는 방식에 너무 익숙해져 있었는지도 모릅니다. 그래서인지 대학 입학 후 다시 한 번 높은 목표를 설정하고 그것만을 위해 사는 삶을 살기 시작했어요.

이번에는 유튜브 크리에이터로 성공하고 싶어졌습니다. 대학 입학이 모든 걸 해결해줄 거라고 믿었던 수험 생활 때와 같은 굴레에 빠지게 된 거죠. '10만 유튜버만 되면 행복해지겠지'라고 생각을 하며 수험생 때로 돌아간 듯 열심히 했어요.

하지만 막상 그 목표를 이루자 행복은 찰나와 같은 순간에만 맛볼 수 있었고 이내 끊임없는 불안과 불행에 시달려야 했죠. '그래, 20만 유튜버가 되면 다를 거야', '50만 유튜버만 되면 행복해질 수 있어'라고 생각하며 목표치를 계속해서 높였고, 그 목표를 이루기 위해 더 열심히 달렸습니다.

그러나 구독자 20만, 50만, 100만을 달성하고 나서도 계속 같은 딜레마에 빠졌습니다. 커리어의 면에서 봤을 때는 분명 자랑스러울 만한 수치였지만, 인생의 행복에는 이 숫자가 큰 영향을 끼치지 못했어요.

게다가 한 분야에서 끝없이 성장한다는 건 불가능에 가까운 일이죠. 구독자 100만 명을 달성하고 더 이상 올라갈 곳이 없었을 때는 대학 입학 후 느낀 허무함 그 이상의 좌절을 경험했습니다.

물론 '미래'라는 원동력이 있었기 때문에 결국 원하던 결과를 이룰 수 있었는지도 모릅니다. 힘든 순간을 참고 견딜 수 있게 해주는 무언가는 분명 필요하죠. 특히 수험생 때나 큰 프로젝트를 앞두었을 때처럼 미래를 위해 1~2년이라는 시간을 극단적으로 희생해야 하는 경우도 있으니까요.

하지만 한평생 미래를 위해 오늘의 행복을 절제하고 희생하는 삶을 살아갈 수는 없습니다. 미래만 바라보는 삶을 살아간다면 결국 현재의 나는 빈 깡통처럼 공허한 사람이 될 거예요.

이 상태로 계속 달리고 달려 꿈꾸던 미래에 도착하게 되더라도 그 상황을 살아가고 있는 건 결국 속이 텅 비어버린 내 자신이겠죠. 그렇기 때문에 미래만 바라보는 사람들은 그 어떤 목표를 이루게 되더라도 기대했던 것보다 행복하지 않을지도 모릅니다.

⌘ 행복은 저축이 안 되니까요

행복한 미래만 꿈꾸며 아등바등 산다면, 두 가지 모순에 부딪치게 돼요. 첫 번째는 앞에서도 말한 것처럼 행복해야 할 시점이 그리 특별하지 않을 수 있다는 거예요. 이때 많은 사람들이 밀려오는 허무함을 감당하지 못해 무너지기도 하죠. 이미 내 상상 속에서 부풀어질 대로 부풀어진 환상과 현실이 달라 오히려 행복해지지 못할 수도 있어요.

두 번째로는 인생은 우리 계획대로 되지 않는다는 겁니다. 미래를 위해 많은 것들을 포기하며 사는데, 결국 중간에 계획이 틀어지면요? 예상치 못한 변수가 생겨 상황이 바뀌고 결국 나의 노력이 물거품이 된다면 어떨까요? 내가 원하던 엔딩을 결코 맞을 수 없겠죠. 생각만 해도 아찔한 경우지만, 우리는 알고 있어요. 이런 일이 너무나 비일비재하다는 것을요.

그런 이유로 우리는 오늘의 행복도 반드시 챙겨야 합니다. 미래를 생각하지 말고 현재만 즐기라는 뜻이 아니에요. 그저 오늘도 행복한 나로 만들어야 바라던 미래에 도착했을 때도 행복할 수 있다는 말입니다.

오늘의 행복한 내가 모여 행복한 미래를 만들어간다는 생각으로 내 자신을 조금 더 사랑해주면 어떨까요? 행복은 저축이 안 되니까요!

오늘의 나를 행복하게 만드는 가장 쉬운 방법이 있어요. 바로 당장 실천할 수 있는 작은 목표들을 만들고, 그 목표를 이룬 나 자신을 칭찬해주는 것입니다.

예전이라면 10kg 감량을 목표로 하고 '지금은 다이어트 하느라 힘들지만, 미래의 내 모습은 날씬하고 예쁘겠지?'라는 생각으로 다짐했다면, 오늘부터는 '이렇게 맛있게 요리했는데, 다이어트에도 도움이 되네? 배달시키지 않고 새로운 레시피에 도전한 내 자신 멋있다!'라고 생각해보세요.

이렇게 아주 쉽고 작은 오늘의 목표들을 채우고, 지금의 나 자신을 소중하게 생각하다보면, 매일매일 내 모습은

점점 달라질 거예요. 그 모습들이 쌓여 만들어진 미래의
나는 더 멋있지 않을까요?

혼자인 시간도 즐거울 수
있다면

이 세상에서 가장 중요한 관계는 바로 '나 자신'과의 관계입니다. 내가 '나 자신'과 친구가 될 수 있다면, 평생 혼자일 거라는 두려움 없이 살아갈 수 있습니다. 우리가 타인과 관계를 발전시키고 이어나가기 위해 계속해서 상대방의 기분을 살피고 관심을 가지듯 나 자신과의 관계를 위해서도 이런 노력이 필요합니다.

⌘ 혼자인 시간을 위한 준비 3단계

즉 혼자인 시간을 즐겁게 만들기 위해서는 '수련'의 과정이 필요합니다. 어디서부터 시작해야 할지 모르겠다면, 아래 3단계를 참고해보세요.

① 혼자 있는 시간을 기쁜 마음으로 받아들이기

'혼자'라는 단어는 대게 부정적인 맥락에서 사용되곤 합니다. 그래서인지 우리는 '혼자'가 되는 것을 은연중에 두려워합니다. 그러나 혼자인 시간은 뒤집어 생각하면 타인의 눈치를 볼 필요 없이 하고 싶은 걸 다 할 수 있는 때이기도 합니다. 타인을 배려할 필요 없이 오로지 내 자신이 하고 싶은 걸 최우선으로 삼을 기회가 생기는 거죠. 이 얼마나 꿈꿔왔던 일입니까? 이렇게 생각하면 혼자인 시간이 그 어느 때보다 즐겁게 다가올 거예요.

② 나 자신에 대해 스스로 질문해보기

새로운 친구 또는 이성 친구를 만나면 그들에 대해 더 잘 알기 위해 여러 질문을 하게 되죠. 그들에게 물었던 질문을 나 자신에게 해보세요.

- 나를 정말로 기쁘게 하는 건 뭘까?
- 요즘 내 관심사는 무엇인가?
- 살면서 꼭 지키고자 하는 신념이나 기준이 있나?
- 내 삶의 의미는 무엇인가?
- 먼 미래 혹은 빠른 시일 내로 반드시 이루고 싶은 목표가 있나?

내 자신에 대해 더 잘 알 수 있는 질문들을 스스로에게 던져보세요. 바로 답할 수 없는 질문이더라도 괜찮습니다. 나 자신과 함께할 수 있는 시간은 무궁무진하니 차차 알아가면 되니까요!

③ 혼자서도 즐길 수 있는 '혼자놀기 리스트'를 적기

혼자 있는 시간을 긍정적으로 바라보고, 나 자신을 기쁘게 하는 것들이 무엇인지 알아보았다면 이를 바탕으로 하고 싶은 활동을 몇 가지 정해보세요.

- 넷플릭스 드라마 한 시즌 몰아보기
- 서점에서 책 한 권을 산 뒤 근처 예쁜 카페에서 읽기
- 혼술 하기 좋은 LP바 탐방하기
- 공원에 앉아 혼자 피크닉 즐기고 사진 찍기

이렇게 구체적인 활동들을 적어보세요. 디테일하면 디테일 할수록 좋습니다. 그리고 이 활동이 앞에서 물었던 질문들과 연관되는 것인지 생각해봐도 좋아요.

그저 나를 기쁘게 하는 행동일수도 있고, 내 목표를 이루기 위한 행동일 수도 있어요. 그 무엇이든 좋습니다. 행동에 의미를 부여한다면, 혼자 보내는 시간이 조금 더 가치 있어질 거예요.

이처럼 혼자인 시간을 즐겁게 보내기 위한 준비 과정이 끝났다면 당분간은 '혼자 놀기 리스트'의 일들을 달성하며 혼자 보내는 시간의 즐거움을 느껴보세요. 이를 통해 새로 느끼는 점도 생길 테고 자연스럽게 가치관이나 관심사도 변하게 될 거예요. 이 3단계 준비 과정을 모두 끝마쳤다면 주기적으로 이것을 반복하며 나만의 '혼자놀기 리

스트'를 업데이트해보세요.

나와의 관계가 견고하면 가짜 관계는 필요 없습니다

언젠가 혼자 보내는 시간을 진심으로 즐길 줄 아는 사람이 된다면, 내가 세상에서 제일 좋아하는 사람과 행복한 매일을 보내는 기분을 느낄 수 있을 거예요. '나 자신'이라는 베스트 프렌드를 곁에 두면 앞으로 누구와 관계를 맺든, 관계에서 어떤 문제를 겪든 견고한 상태로 중심을 잡을 수 있게 됩니다.

혼자 있을 때 행복하지 못한 사람은 새로운 사람을 만났을 때 자신의 감정을 100% 확신할 수 없습니다. 그 사람을 진심으로 좋아해서 만나는 건지 그저 외로워서 공허함을 채우고자 만나는 건지 알 수 없죠.

'나 자신'을 최고의 친구로 삼기까지 걸리는 시간은 사람마다 다를 거예요. 생각보다 오랜 시간이 걸릴 수도 있

고, 따로 노력하지 않더라도 어린 시절부터 자연스럽게 방법을 터득한 사람도 있죠.

저는 중학교 때까지 교우 관계로 엄청나게 많은 스트레스를 받았어요. 지금도 그때 생각을 하면 마음속에서 뭔가 쿵하고 떨어지는 느낌이 들 정도입니다. 그때는 다른 사람과 관계를 맺는다는 것 자체가 너무 어렵게 느껴졌고, 애써 만들었던 관계들이 쉽게 틀어지는 일이 너무 괴로웠던 것 같아요. 따돌림을 당하거나 특별한 사건이 있었던 것도 아닌데 말이죠.

중학교 3학년 때쯤 외국에서 살게 됐을 때도 친구들을 사귀고 무리에 어울리기 위해 신경을 많이 썼어요. 모든 일들을 친구들과 함께해야 한다고 생각했고, 주말에 혼자 집에 있는 걸 견딜 수가 없었죠. 괜히 조급한 마음이 들고, 외롭고 공허한 마음이 들어 의미 없는 약속이라도 만들려고 노력했어요.

그때 '레일라'라는 친구를 만나게 됐어요. 이 친구는 허공을 바라보며 멍 때리는 시간이 많아서 주변 친구들이 살짝 나사가 빠져 있다고 놀리곤 했거든요? 시끄러운 파티에 가서 사람들과 잘 어울리다가도 어느 순간 혼자 멍때리고 있더라고요. 처음에는 이 친구가 왜 그런지 궁금했는데, 알고 보니 이 친구는 집에 가서 혼자 하고 싶은 것들을 떠올렸던 거였죠.

그렇다고 레일라가 내향적이거나 친구들이랑 못 어울리는 것도 아니었어요. 그저 또래 친구들과 다르게 혼자 보내는 시간의 소중함을 일찍이 깨달은 친구였던 거죠! 한번은 지금 무슨 생각을 하고 있는지 물어봤는데 바로 대답하더군요.

집에 가는 길에 마트에 들러서 초코칩 쿠키를 한 상자를 사려고. 집에 가자마자 머리를 감은 뒤 제일 좋아하는 보들보들한 보라색 로브를 입을 거야. 그다음엔 유치한 로맨틱 코미디 영화를 틀어놓고 손톱에 매니큐어를 칠하고 싶어.

저는 이 친구가 풍기는 특유의 아우라가 좋았어요. 모두와 잘 어울리는 성격이면서 동시에 혼자 있는 걸 무서워하지 않는다는 게 멋졌거든요.

그렇게 자신과의 시간을 온전히 즐기는 친구를 보니 저도 닮고 싶어져서 그 친구의 루틴을 그대로 따라해보기도 했는데, 생각보다 너무 즐겁더라고요. 그렇게 저는 그때부터 '나'라는 베스트 프렌드를 곁에 두기로 다짐했습니다.

놀랍게도 이후에는 이전과 달리 친구를 사귀고 인간관계를 맺는 게 예전만큼 버겁게 느껴지지 않았어요. 실제로 고등학교 이후로 만난 친구들과는 크게 틀어지지도 않고, 굉장히 안정적인 마음으로 관계를 맺어갈 수 있었어요.

지금은 쉰 살이 넘은 엄마가 친구들과 싸우고 저에게 불만을 이야기할 때면 제가 "인간 관계는 그러면 안 돼~" 하고 훈수를 두기도 한답니다. '나'와 가까워진 후 더는 타인과의 관계가 막막하지 않게 되었기 때문에 가능한 일인 것 같아요.

나와의 관계를 돈독하게 만든다면 혼자만의 시간을 즐겁게 만들 수 있을 뿐만 아니라 다른 사람과의 관계도 긍정적인 방향으로 변하게 될 거예요.

　　그러니 오늘부터 나와 좋은 관계를 맺을 수 있도록 조
금 더 관심을 가져보면 어떨까요?

나는 오늘도 헬스장으로
도망친다

저에겐 헬스를 좋아하는 한 친구가 있습니다. 어느 날 그 친구가 저에게 전화를 걸어 슬픈 일이 있었다고 속상함을 토로했어요. 저는 친구를 위로하기 위해 오늘은 운동 대신 맛있는 걸 먹으러 가자고 했습니다.

그런데 그 친구는 제 제안을 거절하며 슬픈 감정을 가지고 헬스장에 가서 무게를 치면(?) 오히려 괜찮아질 것 같다고 비장하게 이야기했어요. 친구는 그대로 전화를 끊더니 바로 헬스장으로 가더라고요.

며칠 뒤 이번엔 정말 기쁜 일이 생겼다며 재잘재잘 이야기하더니 좋은 기분을 가지고 그대로 운동을 해야겠다고 하더라고요. 그러고는 신나게 헬스장으로 달려갔어요. 얼마 후에는 정말 화나는 일이 생겼다며 울분을 토하더니 차라리 잘됐다면서 이 화난 감정을 이용해 한 번도 들어본 적 없는 무게를 들어보겠다며 또 헬스장으로 직행하는 게 아니겠습니까.

처음에는 이 친구가 그저 '헬스장을 정말 사랑하나보다' 했지만 가만히 살펴보니 이 친구는 평소에도 강인한 정신력과 본받고 싶을 만큼 건강한 마인드를 가진 사람이었어요. 어쩌면 이 친구의 이 견고한 멘탈의 비법(?)은 헬스장에서 나오는 것일까요?

감정의 노예 해방 일지

감정은 마치 날씨와도 같은 거래요. 우리가 아무리 원한다고 해도 날씨를 컨트롤 할 수는 없죠. 심지어 일기예보조차 가끔 틀리잖아요? 그것처럼 우리의 기분이지만 우리가 어쩌지 못할 때가 많습니다.

그렇다면 우리는 제멋대로 변하는 이 감정이란 녀석의 노예로 살아갈 수밖에 없는 걸까요? 나는 이미 식욕의 노예인데, 감정의 노예까지 돼야 한다니...! 내 몸이 정말 내 것이 맞는지 고민되는 순간입니다.

생각해보면 강인한 정신력을 가지고 있었던 그 친구도 매일 감정의 변화를 느끼고 있었어요. 어느 날엔 슬펐고, 다음 날엔 기뻤다가 또 다음 날엔 화가 났죠.

그렇지만 그 친구는 자신이 컨트롤할 수 없는 감정을 '운동'이라는 일관된 자기만의 방식으로 조절했던 것입니다! 우리는 감정을 조절할 순 없지만, 행동을 조절할 순 있거든요. 다시 말하면 폭설을 막을 순 없지만 눈을 쓸고, 냉장고를 가득 채우며 폭설로부터 내 일상을 지켜낼 순 있어요.

이 친구처럼 썩 좋지 않은 기분이 들 때마다 내 기분을 바로 해소할 수 있는 나만의 루틴이 있다면 얼마나 좋을까요? 예상치 못한 감정이 찾아와도 스위치를 끄듯 나의 상태를 곧바로 바꿔줄 수 있는 그런 행동 말이죠.

이미 자신만의 루틴을 가지고 있다면 좋겠지만, 그러지 않은 경우가 더 많을 것 같아요. 그렇다면 이 책을 계기로 한 번 찾아보시길 바라요. 어떤 감정이 들더라도 내 중심을 잡아줄 수 있는 고정된 행동이 있다면, 스트레스도 훨씬 줄어들고 인생도 더 가벼워질 거예요.

저는 여러 방법 중 '운동'을 가장 강력히 추천합니다. 과학적으로도 몸을 움직이면 즉각적으로 기분이 좋아지게 된다고 해요. 운동이라고 해서 꼭 거창한 무언가일 필요는 없습니다. 그저 자리에서 일어나서 몸을 움직이는 것만으로도 큰 도움이 됩니다.

심지어 단 5분만 집밖을 산책해도 달라지는 기분을 느낄 수 있을 거예요. 과학이라는 이름을 빌려 맹신해도 좋습니다. 그러니 우중충한 기분으로 계속 처져 있기보단 일단 자리를 털고 일어나 움직여보세요!

✽ 나의 멘탈 맛집을 소개합니다

기분이 안 좋을 때 가장 즉각적이고 효과적인 방법 중 하나는 친구를 만나는 거예요. 친구를 만나서 내 상황과 감정을 속 시원하게 털어놓는 것만으로도 마음이 훨씬 후련해지니까요.

하지만 만약 오늘이 연휴라 친구들이 어디론가 가버리고 없다면요? 새벽까지 야근하고 집으로 돌아오는 길이라 모두 자고 있는 시간이라면요? 이렇게 내 곁에 있는 사람들이 항상 나를 위해 시간을 내줄 수 있는 건 아닙니다.

하지만 운동은 때와 장소를 가리지 않고 언제든지 할 수 있어요. 또 내가 원하는 만큼 양을 정해서 할 수도 있죠. 그래서 가장 좋은 해결책이 될 수 있다고 생각해요. 늦은 밤 집에서 스트레칭을 해도 되고, 연휴엔 혼자 거닐며 산책해도 되니까요. 그리고 매일할 수도 있으니 사소한 일로 상한 나의 마음을 쉽게 달랠 수도 있죠.

운동은 나의 마음뿐 아니라 몸도 좋아지게 해줍니다.

기분이 안 좋을 때 맛있는 고칼로리 음식을 먹는다면 순간적으로 기분이 좋아질 순 있어요. 하지만 이걸 매일 한다면 분명 건강에 좋지 않을 겁니다.

반대로 운동은 자주하면 할수록 오히려 몸이 좋아집니다. 이번 달에 예기치 못한 사건들이 생겨 기분이 자주 안 좋아졌더라도, 그때마다 운동을 하는 습관을 가지고 있었다면? 결과적으로 내 몸은 더 건강해졌겠죠!

저 역시 매일 헬스장으로 도망치곤 합니다. 하루를 보내다 무심코 부정적인 감정이 고개를 들 때, 머리가 복잡해질 때 일단 모든 걸 내려놓고 헬스장에 갑니다.

그렇게 몸을 움직이면 기분이 좋아지는 걸 누구보다 잘 알기 때문에, 헬스장에 가서 강제로 도파민을 만들어내는 셈이죠. 그러면 부정적인 감정도 해소되고, 다시 해야 할 일을 해나갈 수 있는 힘을 얻곤 합니다.

그러니까 단지 건강을 위해서, 살을 빼기 위해서가 아닌 나의 감정을 컨트롤하기 위해서 운동을 시작해보는 건 어떨까요? 날씨처럼 조절할 수 없는 우리의 감정을 다스릴 수 있는 무언가가 생긴다는 건 내 손에 아주 강력한 무기가 쥐어지는 것과도 같죠.

여러분도 변덕스럽고 변화무쌍한 나의 감정을 꾸준한 운동으로 다스려보면 어떨까요?

완벽하지 않은 나라서
오히려 좋아

오늘의 너와 5년 전의 너 중 누가 더 행복할 것 같아?

누군가 이렇게 묻는다면 저는 고민 없이 '지금 이 순간!' 하고 답할 겁니다. 5년 전의 저 자신도 못난 사람은 아니었어요. 오히려 더 어리고, 더 유명하고, 더 돈도 많이 벌었죠.

하지만 전 지금의 제가 훨씬 더 좋아요. 무엇이 과거보다 저를 더 행복하고 안정적인 사람으로 만들어줬을까요? 바로 완벽하지 않더라도 그 너머에 다른 행복이 있음을 아는 것, 바로 그 마음가짐이 저를 다르게 만들어주었습니다.

⌘ 완벽한 삶을 살아야 행복할 거라는 오판

'~만 하면 행복할 수 있을 거야', '내 인생에서 ~만 아니면 행복할 텐데' 우리는 살면서 이런 생각을 수십 번 수천 번 반복합니다. 그러나 '모든 게 내가 원하는 대로 완벽하게 갖춰줘야 행복할 수 있을 거야'라는 생각은 오히려 우리를 행복으로부터 멀어지게 합니다. 우리가 행복해도 되는 많은 시간들을 앗아가거든요.

저는 인생에서 부족한 부분에 집중하고 이것을 채우기 위해 계속해서 달리는 삶을 살았어요. 그렇게 단점을 보완하며 목표를 달성하는 삶이 잘 살고 있는 모습이라고 생각했죠.

그러나 '~만 하면 행복할 수 있을 거야'라는 문장의 목표를 이루고 나면 어느새 '내 인생에서 ~만 아니면 행복할 텐데'라는 문장이 마음속에 자리 잡았습니다. 그리고 새로운 녀석(~만 아니면)을 처단하고 나면 어리석게도 처음 있었던 그놈(~만 하면)이 돌아왔습니다. 그렇게 저는 행복을 위해 달리고 또 달렸지만, 눈 앞의 행복을 절대 움켜쥘 수 없었죠.

그런데 방금 '~만 하면 행복할 수 있을 거야', '내 인생에서 ~만 아니면 행복할 텐데' 싶은 무언가가 있는지 떠올려봤거든요? 단번에 쉽게 떠오르지 않더라고요. 이게 바로 오늘의 내가 5년 전의 내 자신보다 행복하다는 증거이자 이유인 것 같아요. 과거엔 눈앞의 상황만 바라보고 채워지지 않는 욕구(성공, 결과)만 쫓았다면 이제는 더 크고 멀리 생각하고 내가 정말 바라는 상태(행복, 편안함)를 추구하기로 한 거죠.

물론 목표도, 이루고 싶은 꿈도 없이 살라는 말은 절대 아니에요! 그저 생각을 조금 전환해보자는 말입니다. 가령

예전에는 '내가 돈을 벌 수만 있다면 행복할 텐데'라고 믿었다고 칠게요. 지금은 '돈을 많이 벌면 좋겠지만, 내 행복이 꼭 돈 버는 데 달려 있진 않아' 정도로 생각할 수 있게 된 거죠. 앞서 말했듯 여전히 행복은 일상 속에서 발견하는 거니까요!

❋ 인생의 길을
2개로 나눈 후 생긴 일

역설적으로 들릴 수도 있겠지만, 행복을 찾아가기 위해선 역으로 내 자신을 불행하게 만드는 게 무엇인지 마주해볼 필요가 있습니다. 저는 다음과 같은 과정을 통해 목표를 이뤄야만 행복할 거라는 생각을 덜어내는 마인드 컨트롤 연습을 했습니다. 어렵거나 오래 걸리는 것은 아니니 꼭 한 번 시도해보시길 바라요.

① 내 머릿속에 있는 '~만 하면 행복할 수 있을 거야', '내 인생에서 ~만 아니면 행복할 텐데' 가 무엇인지 솔직하

게 적어봅시다.

예) 저 회사에 입사하기만 하면 행복할 텐데.

내가 날씬하기만 하면 행복할 수 있을 거야.

② 이것들을 이룰 수 있도록 장기, 단기 목표를 만들어 구체화 시킵니다.

예) 앞으로 6개월 간 필요한 스펙을 쌓아봐야지!

3개월 동안 5kg만 감량해봐야지!

③ 위의 목표와 내 행복을 절대적으로 분리해서 생각하세요.

예) 혹시 이 회사에 취업하지 못하더라도, 나는 다른 곳에서 충분히 행복을 찾을 수 있어.

다이어트에 성공한다면 기분이 좋긴 하겠지만, 내 행복은 여기에 달려 있지 않아!

④ 대신 목표를 향해 노력하는 과정에서 얻는 소소한 행복을 아낌없이 즐기세요.

예) 취업 스터디에 새로 들어갔는데, 새로운 사람들과

고민을 나누면서 너무 마음이 따듯해졌어.

오늘 유산소 하려고 한강을 걸었는데 마침 날씨가 너무 좋아서 행복했어!

이 모든 과정이 중요하겠지만, ③은 정말 중요한 부분이에요. 나라는 사람이 큰 메인로드를 걷고 있다고 생각해 봅시다. 이때 옆에 선을 하나 더 그으면 어떤 현상이 나타날까요? 바로 공간이 분리됩니다!

나의 행복을 방해했던 복잡한 생각은 깨야 할 하나의 퀘스트 정도로 생각하고, 내가 걷는 메인로드 옆에 작은 사이드라인에서 처리하는 일이라고 생각하는 거예요. 메인로드를 걷는 나라는 사람은 언제나 평범한 일상 속에서도 계속 행복할 수 있는 사람이라는 점을 잊지 않으면 됩니다.

별게 아닌 것 같더라도, 이렇게 시각적으로 분리해 생각을 하는 것만으로도 마인드 컨트롤에 큰 도움이 됩니다. 우리 인생은 꼭 모든 게 완벽해야 행복할 수 있는 게 아니라 완벽하지 않은 삶에도 충분한 행복이 있다는 것을 꼭 기억해 주세요.

2장

타인을 위해 나를
2등의 자리에 두지 말 것

타인과의 관계에 시간과 노력을 들이는 것처럼

자신과의 관계에도 많은 노력이 필요합니다.

내가 뭘 좋아하고, 뭘 견딜 수 없어하는지

끊임없이 배워나가야 해요.

다른 사람 말고
내 눈에 아름다운 나

나도 예쁜 사람이고 싶다.

10대 때 매일 했던 생각입니다. 태어날 때부터 피부가 까무잡잡했던 저는 피부색 때문에 자주 놀림받곤 했어요. 지금은 제 피부를 보고 일부러 태닝한 것 아니냐는 기분 좋은 오해도 듣고, 건강미 넘쳐서 잘 어울린다는 평가도 듣지만 어렸을 땐 이 피부를 떼어버리고 싶을 정도로 제 모습을 혐오했었습니다.

그저 대한민국의 미적 기준에 맞지 않게 태어났을 뿐인데, 피부 때문에 항상 놀림을 받았죠. 피부색을 드라마틱하게 바꿀 수 있는 방법이 없었기에 저는 언제나 자신감이 없었습니다. 처음 만난 사람과 대화를 나눌 때면 내가 어떤 사람인지, 어떤 말을 하고 있는지를 신경 쓰지 않고 내 피부만 바라보는 것 같은 느낌이 들었습니다.

'그러다 외국에 나가 살게 되었는데 그게 제 인생의 터닝포인트가 되었습니다. 외국은 피부색에 대한 미적 기준이 우리나라와 완전 달랐습니다. 제 구릿빛 피부가 그들의 미의 기준에 더 잘 맞았던 거죠! 미의 기준이 바뀐 곳에 가서 살아보니 자신감이 생기고 외모 콤플렉스도 완벽히 극복하게 되었답니다'라고 말할 줄 아셨겠지만, 이 줄거리는 너무 많은 미화와 각색이 들어간 것 같고요.

엄밀히 말하자면 해외에 살며 외모에 대한 생각이 바뀐 것은 맞습니다. 하지만 그렇게 되기까지는 꽤나 복잡한 생각의 터널을 지나야 했습니다.

❋ 날 바꾸는 건 객관적 사실이 아닌
주관적 마음

자, 다시 이야기로 돌아가봅시다. 외국인들이 피부색에 대한 미적 기준이 달랐던 것은 분명합니다. 그러나 이로 인해서 바로 자신감이 생겼다고 하기엔 피부 외에 다른 미적 기준들도 달라졌다는 게 문제였습니다.

제 눈은 쌍꺼풀은 없지만 큰 편이라 한국에선 한 번도 '눈이 작다'고 생각해본 적이 없었는데요. 외국 친구들과 비교해보니 제 눈은 상당히 작은 편이었어요. 게다가 외국 친구들에 비해 저는 키도 작은 편이었죠. 그래서 곧바로 '내 외모가 생각보다 괜찮은데?'라는 생각이 들 순 없었어요. 그럼에도 불구하고 저는 외모에 대한 자신감을 얻을 수 있었습니다. 그리고 제 매력을 드러낼 수 있는 방법은 무엇일지 고민하며, 다양한 스타일링을 시도하게 되었습니다.

외국에서 제 피부가 아름다움의 기준에 맞았기 때문에 자신감이 생겼던 걸까요? 사실 그것보다 제 마음이 달라져서 자신감이 붙었던 것 같아요. 저에게는 강력한 믿음이 있었거든요. 바로 '외국에 나가면 내 피부색이 분명 매력적일 거야'라는 생각이요.

외국에 나가기 전부터 주변에서 "외국에 가면 너 같은 피부가 예쁜 피부다"라는 식의 이야기를 종종 들었는데, 그 이야기에 가스라이팅(?)당했던 거죠. 그래서 실제로 외국인들이 저 같은 피부색 좋게 보는지, 나쁘게 보는지 알게 되기 전부터 자신감이 올라 있었어요.

당시의 객관적인 사실만 나열해보자면 이랬습니다.

① 외국에 나갔다고 해서 내 외모가 한국에 살 때와 달라진 건 아니다.
② 외국에서는 하얀 피부보다 어두운 피부를 더 선호한다.
③ 하지만 동양인의 다른 신체적 특성은 대게 외국의 미의 기준에 부합하지 못한다.

즉 외국에서 살면서 제 외모가 절대적으로나 상대적으로 더 아름다워졌다고 보긴 어려워요. 하지만 제 마음이 180도

달라졌던 것입니다. 그저 '사람들이 내 신체적 특성 중 하나를 좋아할 것'이라는 믿음 하나만으로요!

영어 문장 중 'Confidence is sexy' 즉 '자신감은 섹시하다'는 표현이 있는데요. 입에 착 감길 정도로 외국에서는 흔하게 쓰는 말이에요. 나의 성격적인 특성이 타인이 나를 인식하는 외적인 모습에도 커다란 영향을 끼친다는 의미죠. 그러니까 정말로 내가 내 자신을 아름답다고 생각하는 것 하나만으로 나의 외모가 정말 달라져 보일 수 있다는 것입니다!

❋ 내가 싫어서가 아니라 사랑하는 마음으로 보살필 것

요즘 저는 태어날 때부터 가지고 있었던 신체적 특징을 바꾸려고 애쓰지 않습니다. 다만 내가 신경 쓸 수 있는 부분들을 가꾸고 있어요. 그 결과 이전보다 훨씬 더 매력적인 사람이 됐습니다. 예전보다 자신감도 높아져 분위기도 많이 달라졌죠. 종종 아우라가 달라졌다는 이야기도 듣곤 합니다.

냉정히 생각해보면 주변 환경은 크게 달라진 게 없었습니다. 저에겐 여전히 단점들이 있었죠. 중요한 건 '나의 마음'이었어요. 만약 누군가 '네가 비행기를 타고 지구 반대편으로 가지 않았더라면 이 깨달음을 얻을 수 있었을까?'라고 묻는다면… 잘 모르겠어요.

하지만 제가 여러 일들을 겪으며 얻은 결과는 나 자신의 외적인 모습은 '내가 나 자신을 어떻게 생각하는가'에 따라서 크게 변화한다는 사실입니다.

물론 나 자신에 대한 생각이 달라진다고 해서 외모에 대한 모든 고민이 해결되는 건 아니에요. 누군가는 오히려 '외적인 모습에 어느 정도 불만족해야 발전할 수 있는 것 아니냐'고 생각할지도 모르겠어요.

우리의 외모는 대부분 유전적 요인으로 결정됩니다. 인간은 제각기 다른 유전자를 가지고 있기에 다른 외모를 갖고 태어나죠. 따라서 누군가는 태어났을 때부터 굉장히

훌륭한 외모를 타고나 평생 만족하며 살 수도 있지만, 대부분의 사람들은 자기 외모의 몇몇 부분을 아쉬워하며 살아갑니다.

여기서 제가 말하는 건 마음가짐을 다르게 먹어서 지금의 모습에 만족하라는 게 아니에요. '있는 그대로의 나 자신이 좋다고 생각하세요'라는 말을 완벽히 수긍하기란 어렵죠.

살면서 우리의 외적인 모습이 중요해질 때도 있어요. 그렇기에 지금의 모습에 안주하며 살기보다는 내가 나를 지나치게 괴롭히지 않는 선에서 꾸미려는 노력도 필요하겠죠. 열심히 운동해서 내 몸을 관리하고, 꾸준한 시간을 투자해 스타일링을 하는 것 모두 칭찬받아 마땅한 일이잖아요.

하지만 문제는 '열심히 관리하는 성실한 사람이 되는 것'과 '내 자신을 사랑하지 못하는 강박적인 사람이 되는 것'은 한끗 차이라는 거예요. '열심히 운동하고 식단을 조절하며 자기 관리하는 사람들이 자존감이 높지 않을까?'라고 생각하는 사람이 많은데, 사실 그렇지 않아요. 열심히 자기 관리 하는 사람 중 자신의 외모를 싫어하다 못해 경멸하는 사람들도 많습니다.

고백하자면 저도 운동을 시작한 후 제 자신의 외적인 모습에 대해 부정적으로 생각하던 시기가 있었어요. 살면서 단 한 번도 제 허리가 두껍다고 생각해본 적이 없었는데, 제가 이상적으로 생각하는 '운동하는 몸'을 찾아보다 보니 허리가 얇으신 분들이 많았어요. 그에 비하면 제 모습은 부족해 보이는 것 같았죠.

해외에서는 이미 피트니스 업계를 중심으로 '신체이형장애(body dysmorphic disorder)'에 대한 경고등이 켜지고 있다고 해요. 신체이형장애는 실제로 외모에 결점이 없거나 그리 크지 않은 사소한 것임에도 불구하고, 자신의 외모에 심각한 결점이 있다고 생각하는 정신 상태를 말합니다.

운동하는 사람 중 이런 어려움을 겪는 사람들이 꽤 많다고 합니다. 물론 꾸준히 운동하지 않는 사람들 사이에서도 빠르게 퍼져나가고 있고요.

그렇다면 나의 외적인 모습을 있는 그대로 사랑해야

할까요? 아니면 부정적으로 생각하며 고치고 싶은 부분을 바꿔나가야 할까요? 사회 구성원으로 살아가야 하는 이상 외적인 모습을 가꿔야만 한다면, 건강하게 접근할 순 없을까요?

　이 고민에 대한 완벽한 답은 저 역시 찾는 중입니다. 하지만 모든 문제가 그렇듯 적당한 균형이 가장 중요한 것 같아요. '나는 지금 내 모습도 꽤 마음에 들어. 하지만 누구나 발전할 구석은 있잖아?' 정도의 마음가짐을 갖고 살아가는 건 어떨까요?

　이 마음가짐을 가장 건강하고 바르게 실천하기 위해선 먼저 내 삶의 기준을 타인이 아닌 나 자신에게 온전히 맞춰야 합니다. '저 사람보다 날씬해질 거야'라고 생각하기보다 '지난달보다 얼굴이 조금 부었는데 혹시 살이 쪘나' 하는 식으로 과거의 나와 비교해보세요. 그러면 나 자신의 모습을 사랑하면서 계속 발전하는 사람이 될 수 있지 않을까요?

✳ 나인 채로
아름다울 수 있는 방법

제가 '관리'와 '강박' 사이에서 많은 고민을 했을 때 제 본연의 아름다움을 찾을 수 있도록 해주었던 방법을 공유해드릴게요. 물론 이 방법들이 전부는 아니지만, 저에게는 큰 도움이 되었기에 공유해볼게요.

① 단점을 고치려고 하기보다는 장점을 부각하기
타고난 신체적 단점을 고치기 위해선 정말 많은 시간과 비용이 필요해요. 아무리 노력해도 바꾸기 어려운 부분도 있지요. 심지어 애써 이 단점을 보완하려고 최대한 노력했다고 하더라도 그저 '평균적인' 수준 정도만 될 가능성이 크죠.
이때 이 단점을 보완하기보다 이미 타고난 장점을 강화시킨다면? 훨씬 적은 노력으로 내 매력을 극대화할 수 있을 거예요.

② 부지런함만 있으면 되는 부분은 직접 관리하기

큰돈이 필요하거나 큰 스트레스를 주지 않는, 그저 '부지런하기만 하면' 누구나 할 수 있는 관리는 직접 하려고 해보세요. 예를 들어 꾸준한 운동과 건강한 식사를 통한 적절한 체중 관리, 손톱이나 머릿결 같은 용모를 단정하게 하기, 집에서 간단하게 할 수 있는 피부 관리 등이 있겠죠.

저 역시 오로지 나의 성실함에 달려 있는 관리의 영역에는 소홀하지 않으려고 노력하고 있습니다. 내 자신을 내가 돌봐주는 시간이라고 생각하면 몸도, 마음도 함께 가꾸는 시간으로 만들 수 있답니다.

③ 외모 외에 다른 매력 만들기

외적으로 평범해보였던 사람의 특별한 모습을 보고 멋있다고 생각한 적 있으신가요? 갑자기 3개 국어를 한다거나 목소리 톤과 말투가 우아한 사람을 보면 갑자기 몇 배는 더 멋있어 보이기도 합니다.

사람의 '총체적 이미지'는 타고난 신체적 특징과 노력으로 이루어진다고 할 수 있습니다. 말을 똑 부러지게 하는 연습을 하거나 요리나 운동 등 취미를 계발해보세요. 외국어 능력을 키우거나 악기를 배우는 등 새로운 분야에 도전해볼 수도 있어요. 그러다보면 내가 풍기는 전체적인 분위기와 느낌이 달라지게 될 거예요.

④ 나에게 어울리는 스타일 찾기(때로는 전문가의 도움이 필요할 수도)

같은 사람도 어떻게 스타일링 하느냐에 따라 이미지가 180도 다르게 보입니다. 내가 원하는 이미지가 무엇인지, 나에게 맞는 스타일이 어떤 것인지 찾기만 해도 내 매력을 더욱 크게 만들 수 있어요. 꼭 타고난 신체적 특징을 바꾸지 않더라도요! 20대 초반보다 20대 후반의 모습이 더 아름다운 사람들이 많이 있는데, 나에게 맞는 스타일을 찾았기 때문인 것 같아요.

물론 어느 정도의 공부와 연구, 시행착오가 필요한 방법이지만 요즘엔 유튜브만 봐도 스타일링 정보가 넘쳐나니 쉽게 찾아볼 수 있어요. 그래도 어렵다면 이미지 컨설팅과 같은 전문 서비스를 받아보는 방법도 있어요. 헤어, 체형, 얼굴까지 분석하는 신체적인 컨설팅도 있고 나의 이미지 영역에 대한 조언을 들을 수 있는 원데이 클래스도 있습니다.

나에게 맞는 스타일링을 찾는 과정은 다소 귀찮을 수도
있지만, 나를 탐색하는 설레고 재미있는 시간으로 생각
해보면 어떨까요?

남을 위해 하는 것들을
나를 위해 할 것

저는 사실 한 사람과 8년 정도 장기 연애를 한 적이 있어요. 과거형으로 말하는 걸 보면 그 연애의 결말은 어떻게 됐는지 아시겠죠? 그런데 20대 내내 8년을 만난 사람이 있다고 말하면 다들 하나같이 '헉' 소리를 내며 놀라시더라고요. 과장하는 게 아니라 대부분의 사람들이 정말 다 육성으로 감탄사를 내뱉습니다.

그래서 종종 '그간의 반응들을 녹화해서 하나의 영상으로 이어 붙이면, 유튜브 조회 수가 500만 쯤 나오지 않을까?' 하는 상상을 하며 혼자 웃곤 합니다. 그 정도로 놀라는 반응을 많이 봐왔습니다.

　감탄사 이후 단골로 따라오는 질문은 바로 "어떻게 한 사람을 그렇게 오래 만나?", "그렇게 오래 만난 비결이 뭐야?"입니다. 이 질문을 통해 많은 사람들이 한 사람과 오래 만나는 걸 어려워한다는 걸 알 수 있었어요. 제 주변만 봐도 장기 연애하는 경우가 흔치 않아요.

　그런데 여러분, 사실 우리는 이미 평생 한 사람과 깊은 관계를 이어나가고 있답니다. 바로 '나 자신'이죠. 우리는 타인과의 장기 연애에는 놀라면서 나 자신과 태어난 순간부터 지금까지 계속 관계를 지속하고 있다는 사실을 인지하지 못하고 있어요.

❀ 나와의 관계에는
손절 버튼이 없습니다만

　연애를 시작할 때 우리는 좋은 관계로 발전하고 싶은

마음에 많은 시간과 노력을 들입니다. 그가 무얼 좋아하는지, 싫어하는지 계속 질문하고 기억하며 맞춰나가죠. 그 사람을 기쁘게 해주기 위해 이벤트를 준비하기도 하고, 함께 시간을 보내기 위해 다른 약속을 과감하게 취소하기도 합니다.

비단 연애에만 국한된 이야기는 아닙니다. 정말 잘 맞는 것 같다고 느껴지는 친구와 친해질 때도 많은 공을 들이곤 합니다. 이처럼 누군가와 관계를 지속해나가는 일은 꽤나 어렵고 많은 에너지가 들어가는 일입니다. 가끔 의견 충돌이나 상황적 어려움이 닥칠 때도 있지만, 이를 극복하려고 노력하죠.

나와의 관계 또한 마찬가지입니다. 태어난 순간부터 함께했기에 너무나도 익숙하다는 게 조금 다르지만요. 이 때문에 우리는 자신의 마음을 살펴보지 않고 내버려두기도 해요.

하지만 타인과의 관계에 시간과 노력을 들이는 것처럼 자신과의 관계를 잘 유지하기 위해서도 많은 노력이 필요합니다. 내가 뭘 좋아하고, 뭘 견딜 수 없어하는지 끊임없이 배워나가야 해요. 내 자신을 위해 가끔 특별한 선물도 해주고, 나를 위해 다른 사람에게 'NO'라고 말할 줄도 알아야 하죠.

극단적인 얘기일지 모르겠지만, 친구나 연인 심지어 가족일지라도 그 관계가 나를 너무 힘들게 해서 거기서 오는 행복보다 고통이 훨씬 커진다면 어떨까요. 자신과 타인이라는 모든 관계 사이에는 그 관계를 끊어내는 '손절'이라는 최후의 버튼이 하나 있어요. 우리는 너무 힘들 때 이 버튼을 과감하게 누르곤 합니다. 더 이상 관계를 지속하지 않고 모든 접점을 끊어버리는 거죠.

하지만 불행인지 다행인지 나와의 관계에는 이 버튼이 달려 있지 않습니다. 아무리 밉고 마음에 들지 않더라도, 태어난 순간부터 생을 마감하는 순간까지 긴 세월을 함께할 수밖에 없죠. 그러니 그 어떤 타인과의 관계보다 '나'와의 관계가 더 중요하다고 할 수 있어요.

⚜ 나만이 결정할 수 있는
오묘한 관계

Love yourself.

스스로를 사랑하라.

익숙하지만 실천하기 어려운 말이죠. 혹시 아침에 눈 뜨는 순간부터 잠드는 순간까지 타인과 어떤 방식으로든 마주하며 그 사람에게 잘 보이기 위해 많은 신경을 쓰고 있진 않나요?

그러나 대부분의 사람들은 타인과의 관계에 쏟는 에너지의 절반도 자신과의 관계에 쏟지 않습니다. 어쩌면 내가 노력하지 않고, 친절하게 굴지 않더라도 나라는 존재는 물리적으로 그 자리 그대로에 있을 테니 더 그럴지도 모르겠어요. 하지만 나와의 관계가 나쁘면 죽을 때까지 벗어날 수 없는 족쇄에 묶여 사는 느낌이 들지도 몰라요. 매 순간 괴롭겠죠.

이제 생각을 한 번 바꿔볼까요. 내가 원하든 원하지 않든

언제나 이 자리에 있을 사람인데…. 조금 더 아끼고 사랑해줘야 하지 않을까요? 그러면 혼자 있는 시간도 즐겁고 무엇을 할까 고민하며 신날 거예요. 생각만 해도 너무 신나는 일 아닌가요?

반대로 타인과의 관계를 위해서라도 우리는 나를 더 아껴야 합니다. 나 자신과의 관계가 좋지 않으면 타인과의 관계가 좋더라도 온전히 행복하기는 어려울 거예요. 하지만 나 자신과의 관계가 좋다면 연애할 때 느끼는 안정감과 설렘, 재미 같은 감정들을 온전히 느낄 수 있겠죠. 나와의 안정된 관계가 내가 흔들리지 않도록 단단하게 지지해줄 테니까요.

여기서 가장 매력적인 점은 이 관계는 오로지 나에게 달렸다는 겁니다. 타인과 관계를 맺을 때는 두 사람이 함께 노력을 해야 합니다. 내가 백날 노력해도 상대방이 협조해주지 않는다면 이 관계는 결국 끊어지고 말죠. 타인과 관계를 맺을 때 나 혼자만 사랑하면 그저 '짝사랑'으로 끝날 거예요.

그렇지만 나와의 관계에선 오로지 나의 의지만 있으면

됩니다. 오로지 내 마음 하나만으로 지독한 짝사랑을 끝내고 나와의 연애를 시작할 수도 있어요. 꼭 나에게 엄청난 힘이 주어진 것만 같지 않나요? 그러니 오늘부턴 그 어떤 관계보다도 나와의 관계를 돈독하게 하는데 힘을 써보세요. 이 관계 하나만으로 정말 쉽게 행복해질 수 있을지도 몰라요.

타인의 시선으로부터
자유로워지는 연습

그동안 유튜브 크리에이터로 활동하면서 참 많은 분들의 관심을 받았습니다. 너무나 감사한 일이지만 이 '관심'은 부정적인 면, 긍정적인 면 모두가 공존하는 양날의 검과 같습니다. 사실 살면서 타인에게 크게 욕먹을(?) 상황은 많지 않잖아요. 저 역시 유튜버가 되기 전엔 마찬가지였습니다.

학창시절에 누군가 나에 대해 '뒷담화' 한다는 사실을

전해들은 적이 있어요. 아직도 생생히 기억나는데, 그날은 하루 종일 가슴이 진정되지 않고 쿵쾅거렸습니다. 그만큼 타인에게 노골적으로 부정적인 이야기를 듣는 게 흔한 경험은 아니었습니다.

그러나 유튜브 크리에이터로 활동하면서 남에게 평가받는 일상이 시작됐습니다. 외모부터 말투, 성격, 콘텐츠의 내용 심지어 머릿결 상태까지… '내가 지적받을 구석이 이렇게 많았나?' 놀랍기까지 했어요.

유튜브를 시작하고 한동안은 댓글을 열어보기가 힘들 만큼 얼굴도 모르는 사람이 나에게 던지는 말 한마디 한마디가 비수처럼 꽂혔습니다. 세상 사람들이 나의 일거수일투족을 감시하며 '언제 넘어지나 보자' 팔짱을 끼고 지켜보는 것 같은 피해망상에 시달리기도 했어요.

그러다보니 알지도 못하는 사람들에게 비난받기 싫어서, 그리고 그들에게 인정받고 싶어서 점점 진짜 나 자신의 진짜 모습을 숨기게 되더라고요. 정말 아이러니한 일 아닌가요?

❋ 내가 생각하는 것보다 훨씬 더 많이
남들은 나에게 관심 없습니다

인간이라면 누구나 타인에게 인정받고 사랑받고자 하는 욕구가 있죠. 이 인정 욕구 때문에 남의 시선을 지나치게 의식하며 살아가기도 해요. 하지만 내가 정말 원하고 좋아하는 것들로 채우는 삶이 아닌 다른 사람들이 바라는 것으로 채우는 삶이 행복할 리 없습니다.

더 허무한 게 뭔지 아세요? 내가 애써 의식하며 맞췄던 타인은 정작 나에게 아무런 관심도 없습니다. 정말, 진심으로요! 기억에 남는 사건이 하나 있는데, 예전에 유튜브 영상을 올릴 때마다 이런 댓글을 다는 분이 계셨어요.

- 립스틱이 매일 똑같아서 지루해요.
- 립스틱 컬러를 바꾸면 더 예쁠 것 같은데요?
- 립스틱 색이 너무 촌스러워요~

립스틱 집착광(?) 같은 분이었는데 사실 저는 그 립스틱을 정말 좋아했어요. 색도 마음에 들었고 발림성도 좋았거든요. 그런데 그 분의 댓글을 계속 읽다보니 '정말 그런가? 내가 너무 지루한 사람인가? 촌스러워 보이나?' 이런 생각이 들기 시작하더라고요.

그래서 큰마음 먹고 평소 잘 쓰지 않던 립스틱을 바르고 영상을 찍었고, 그 분이 뭐라고 댓글을 달까 궁금해하며 반응을 기다렸죠. 하지만 애석하게도 매번 립스틱에 집착하던 그 사람은 귀신같이 사라졌답니다. 본인의 임무를 마쳤다고 생각해 쿨하게 떠난 것일까요?

사실 그 사람은 저에게 별 관심이 없었을 거예요. 애초에 제가 어떤 색의 립스틱을 바르는지는 그에게 크게 중요하지 않았는데 제가 지나치게 신경 썼던 거죠.

이 일화에서 볼 수 있듯 타인은 나에게 큰 관심이 없습니다. 학교나 직장에서 내 험담을 신나게 늘어놓는 사람이 있더라도 장담컨대 이 순간, 그들은 자신의 삶을 살아가느라 나란 존재는 까맣게 잊고 있을 거예요. 혹시 나에게 별 관심 없는 사람들을 위해 지금도 그들의 시선을 의식하며 살아가고 있진 않나요? 하지만 그만큼 내 마음이 아까운 일은 또 없을 거예요.

다른 사람에게 'No'라고 하는 것은 때로는 나 자신에게 'Yes'라고 말하는 것과 같습니다. 결국 타인의 시선으로부터 자유로워지기 위해서는 나 자신의 말에 귀를 기울이는 연습을 더 많이 해야만 합니다. 오로지 다른 사람을 만족시키기 위해 나 자신을 저버리는 건 절대 용납할 수 없다고 다짐하며 살아가야 합니다.

남에게 잘 보이고 싶다는 생각을 갖고 타인에게 맞춰주고 있다면, 그건 내 마음에서 진심으로 우러나온 것이 아닐 뿐더러 타인을 위한 행동도 아니에요. '다른 사람이 나를 좋게 봐줬으면 좋겠어'라는 생각은 어쩌면 '나' 위주의 생각이 아닐까요?

직설적으로 이야기하고 자신의 감정을 솔직하게 표현하는 어떤 사람이 있다고 떠올려보세요. 누군가는 그 사람의 성격에 '솔직해서 좋다', '빙빙 돌려 얘기하지 않아서 편하다'고 할 수도 있고, 누군가는 '듣기 불편하다', '자신감이 지나치다'고 할 수도 있어요.

그런데 모든 사람에게 호의를 얻고 싶다는 생각에 내 생각을 이리저리 돌려 말하고, 내 감정을 숨기면서 이야기한다면 그건 누구를 위하는 것일까요? 사실 그건 내 진짜 모습이 아니에요. 나를 위한 것도 타인을 위한 것도 아니죠.

그리고 나를 좋게 보든 나쁘게 보든 그건 그 사람의 자유입니다. 만약 그 사람을 위해 내 원래 모습을 숨기고 그가 원하는 모습으로 행동한다면, 그건 그 사람의 자유를 빼앗는 일일지도 몰라요.

지나친 해석일지도 모르겠지만, 좋은 사람으로 남고 싶다는 내 압박감을 타인에게 양도하고 그 사람이 내 진짜 모습을 그대로 바라보고 인식할 자유를 잃게 되는 일은 아닐까요. 때로는 다른 사람이 자유롭게 생각하도록 그냥 내버려두세요.

인간이 사회적인 동물인 이상, 남들의 시선을 아예 신경 쓰지 않고 살아갈 순 없겠죠. 그리고 나의 행동으로 인해 다른 사람에게 피해가 간다면, 그건 어떠한 경우에도 용납될 수 없어요. 하지만 타인에게 피해를 주지 않는 선에서라면, 우리는 어느 정도는 하고 싶은 대로 하고 살아도 괜찮습니다.

우리 뇌는 칭찬보다
뒷담화를 훨씬 크게 각인합니다

그러면 우리는 어떻게 해야 타인의 시선으로부터 조금 더 자유로워질 수 있을까요? 여러분도 나에 대한 험담을 듣고 하루 종일 심장이 쿵쾅거린 적이 있을 거예요. 너무 당연한 일이니 안심하셔도 됩니다.

우리 뇌는 '부정적인 것을 더 크게 인식하도록' 설계되어 있다고 합니다. 그러니까 칭찬을 10번 듣고, 험담을 1번 듣는다면 험담 1개가 10개의 칭찬을 압도한다는 것이죠. 그래서 아무리 좋은 이야기를 많이 들어도 가끔 듣는 험담 때문에 우리의 마음에는 생채기가 나게 됩니다.

나쁜 말과 나쁜 생각은 내 온 마음을 쉽게 지배할 수 있어요. 그러니 우리는 의도적으로 나쁜 말과 나쁜 생각을 피하도록 연습해야 합니다. 물론 매우 어려운 일이지요. 이건 내 의지의 문제도, 멘탈의 문제도 아니고 우리 뇌가 작동하는 방식 때문이거든요.

하지만 마치 스위치를 내리면 불이 탁 꺼지는 것처럼

신경 끄는 연습을 계속 해보세요. 부정적인 이야기 대신 오늘 나에게 있었던 좋은 일들을 떠올려보세요. 그러다보면 타인의 평가와 험담에서 한 걸음 멀어져 조금은 마음이 고요해질 거예요.

혹시 어떤 행동을 해야 부정적인 감정에서 곧바로 헤어나올 수 있을지 잘 모르겠나요? 그럴 땐 아래의 4가지 상황만이라도 잘 기억해보세요. 살면서 정말 유용하다고 느낀 저만의 멘탈 관리 팁입니다.

① 사람들이 모두 싫어질 때
　　→ 맛있는 음식 먹기
② 다른 사람들이 모두 날 싫어하는 것 같을 때
　　→ 잠자기
③ 내 자신이 싫어질 것 같을 때
　　→ 샤워하기
④ 모두가 서로를 싫어하는 것 같아 절망스러울 때
　　→ 밖에 나가기

이 매뉴얼을 잘 기억하고 있으면 내 부정적인 감정이 어디서부터 시작된 것인지 빠르게 캐치하고 그것으로부터 금방 헤어나올 수 있게 될 거예요. 이 방법이 익숙해지면 응용도 할 수 있을 거예요. 예를 들어 '내가 뒤처지는 것 같아 불안하다면?' 넓게 보면 ③에 해당할 수 있겠네요.

자신이 싫을 때 샤워해보라는 말은 곧 내 자신이 미울수록 나를 가꾸고 아껴주라는 말이거든요. 샤워하는 것 말고 운동을 하거나 새로 산 옷을 입거나 아껴두었던 팩을 꺼내 얼굴에 붙여도 돼요. 그러다보면 소소한 행복으로 마음을 채워나갈 수 있을 거예요.

자존감,
꼭 높지 않아도 괜찮아

어느 날 네이버 지식iN에서 정말 생각지도 못한 글을 발견했습니다. 요약하면 다음과 같은 내용이었어요.

유튜브에 나오는 채린 언니가 예뻐 보이는 이유가 뭘까요? 그 언니를 닮고 싶은데 정확히 그 언니의 어떤 점을 닮고 싶은지도 솔직히 잘 모르겠어요. 예쁘고 몸매 좋은 사람은 많지만 그 언니한테서 느껴지는 아우라는 뭔가 달라요. 다른 사람한테서는 본 적 없는 분위기가 느껴지는데, 그 언니가 자존감이 높은 사람이어서 그런가요? 어떻게 하면 그 언니처럼 될 수 있을까요?

어린 친구가 나름 진지하게 이런 글을 적었을 생각을 하니 귀여워 웃음이 났어요. 동시에 '높은 자존감'이 무엇인지 진지하게 고민해보는 계기가 됐습니다.

우습게도 방금 전까지 저는 인스타그램 속 완벽한 몸매를 가진 누군가를 보며, 다시 태어나면 저런 몸으로 태어나고 싶다는 상상을 하고 있었는데 말이죠. 다시 살펴보니 저는 '자존감이 높아 닮고 싶은 사람' 후보에서 실격인 것 같네요.

❋ 자존감이 뭔지는 모르지만
그냥 높아지고 싶습니다

실제로 제가 구독자들에게 가장 많이 받는 질문 중 하나는 "어떻게 하면 채린 님처럼 자존감이 높아질 수 있을까요?"입니다. 이 질문으로 유추해볼 수 있는 사실은 첫 번째 '사람들은 높은 자존감을 이상적인 것으로 생각한 다', 두 번째 '나는 자존감이 높은 사람으로 인식되고 있다' 인데요.

그러나 '나는 서울특별시에 살고 있어', '나는 해산물을 싫어해'와 같이 명확하게 구분할 수 있는 표현과 다르게 '자존감의 높고 낮음'은 명확한 기준이 없어 바로 정의내 리기 어렵습니다. 게다가 저 스스로도 '나는 자존감이 높 은 사람이야'라고 선언한 일도 딱히 없었기 때문에, 도대 체 남들은 저의 어떠한 모습을 보고 자존감이 높다고 생각 을 하는지 콕 집어 이해하기 어려웠습니다. 때로는 저조차 제 자존감에 회의적인데 말입니다.

자존감. 요즘 여기저기서 많이 보이는 화제의(?) 단어 지만, 정확하게 어떤 뜻인지 아는 사람들은 많지 않습니다. 하지만 모두 막연하게 자존감이 높을수록 좋을 거라는 생각 만 갖고 있죠.

이와 관련해 대학교 때 들었던 한 수업에서 교수님께 서 해주신 이야기가 떠오르네요. 허지원 교수님의 『나도 아직 나를 모른다』(김영사, 2020)라는 책을 인용하며 교수님께서 해주셨던 이야기에 따르면 '높은 자존감'이 반드시 좋은 것만은 아니라고 해요.

사실 높은 자존감과 낮은 자존감은 저마다의 장단점이 있다고 합니다. 예를 들면 낮은 자존감을 가진 사람은 눈치가 빠르다는 장점을 가지고 있어요. 반대로 자존감이 지나치게 높아져버리면, 눈치가 너무 없어 사회 통념상 받아들일 수 없는 사람이 될 수도 있습니다.

그럼에도 불구하고 우리는 높은 자존감을 그저 이상적인 것으로 여기는 사회에 살고 있는 듯해요. 어떻게 하면 자존감을 높일 수 있을지 고민하고, 자존감이 높아 보이는 사람을 롤모델로 삼기도 합니다.

그런데 그거 아세요? 실제로 대부분의 사람들은 자존감이 절대적으로 높거나 낮지도 않고, 중간 정도의 레벨로 살아가고 있다고 합니다. 그리고 이 중간 정도의 자존감은 주변 환경이나 상황에 따라 자연스럽게 올라가거나 내려갑니다.

그러니 '나는 원래 자존감이 높은 사람이었던 거 같은

데, 요즘 자존감이 낮아졌으니 이건 엄청난 문제야!'라고 생각하는 건 높은 자존감을 추구하기 때문에 발생하는 생각의 오류인 셈이죠. 자존감은 항상 일정하지도 않을뿐더러 일정할 수도 없습니다. 겉보기엔 자존감으로 무장한 것 같은 사람도 사실은 하염없이 오르락내리락하는 자존감을 껴안고 살아갈 거예요.

특히 SNS와 미디어 속에서 자존감이 높아 보이는 사람일수록 더더욱 그럴 거예요. 내가 본 사진이나 영상은 그의 모습 중 유독 자존감이 높은 순간이겠죠. 원래 SNS는 나의 가장 멋진 모습만을 선별해 올리는 공간이니까요.

그러니 애초에 절대적으로 자존감이 높은 사람은 존재하지 않는다는 점을 염두에 두면 좋을 것 같아요. 누군가 '채린 언니처럼 자존감이 높아지고 싶어요'라고 생각한 바로 그 순간, 저 역시 다른 사람과 저를 비교하며 자존감이 바닥을 치는 모습이었던 것처럼요.

❋ 방구석에 앉아 자존감을 끌어올리는 가장 쉬운 방법

우리가 높은 자존감을 이상적으로 생각하는 데에는 분명한 이유가 있습니다. 바로 높은 자존감에 두드러지는 장점이 있기 때문이죠. 자존감이 높은 사람들은 대게 부정적인 피드백보다 긍정적인 피드백에 집중한다고 해요.

앞서 제가 우리의 뇌는 부정적인 이야기를 더 크게 받아들인다고 했던 것 기억하세요? 하지만 자존감이 높은 사람들은 부정적인 이야기를 각인하는 뇌의 기능을 어느 정도 감소시킬 수 있다고 합니다.

반대로 낮은 자존감을 가진 사람은 칭찬을 듣더라도 이를 온전히 칭찬으로 받아들이지 못합니다. '칭찬 속에 다른 뜻이 숨어 있는 거 아닐까?' 생각하게 되죠. 이런 사람이 부정적인 이야기를 들으면 어떻게 될까요?

가뜩이나 우리 뇌는 부정적인 것을 확대하려고 하는데, 자존감이 낮아져 있다면 부정적인 이야기를 더욱 더 크게 받아들이게 되겠죠.

사실 저는 뇌과학자도 심리학자도 아니기에 '자존감'이 어떤 것이다 정의내리는 게 조심스러워요. 그러나 한 가지 확실한 건 '자존감이 높아지고 싶다'라는 생각에는 '행복해지고 싶다'라는 원초적인 소망이 바탕으로 깔려 있습니다.

자존감이 무엇인지 잘 모르겠지만, 자존감만 높으면 행복한 삶을 살 수 있을 것 같은 기분이 들기에 우리 모두 자존, 자존감 하는 것 아닐까요? 그런 맥락에서 봤을 때, 자존감을 높이는 아주 쉬운 방법이 있어요. 바로 '자존감 높은 척하면서' 사는 거라고 해요.

마치 거짓으로라도 웃으면 뇌가 행복한 상태라고 착각하는 것처럼 '혼자 밥 먹어도 괜찮아', '나는 지금 꽤나 멋지게 살고 있어'라고 습관적으로 생각한다면 그것만으로도 큰 도움이 된다고 합니다.

그러니 여러분, 높은 자존감을 쫓으며 아등바등하지 마세요. 대부분의 사람들은 낮지 않은 중간 정도의 자존감을 가지고 있다는 것과 자존감은 상황에 따라 오르내린다는 것을 기억하세요. 오늘 나의 자존감은 비록 조금 떨어졌을지라도 언제든지 다시 올라갈 수 있습니다.

그러니 자존감이 높아 보이는 사람들을 부러워할 필요는 없습니다. 그 사람들을 보며 나의 자존감을 깎아내리는 아이러니한 상황을 만들 필요는 더욱 없겠죠.

그럼에도 불구하고 내가 너무 초라해 보이고 작은 존재로 느껴질 땐 나 스스로가 멋진 사람이라고 생각하는 작은 마법을 부려보면 어떨까요.

To do 보다
Want to do

　　앞에서 짧게 언급했듯이 저는 학창 시절에 공부를 꽤 잘하는 편이었습니다. 이 얘기를 계속하는 게 꽤 낯간지럽지만, 저에게 '공부 잘하는 아이'는 오랜 기간 저의 아이덴티티와 같은 것이었어요.

　　그런데 혹시 궁금한 적 있으신가요. 공부를 잘하는 사람들은 처음부터 계속 공부를 잘했던 것인지 아니면 어느 날 갑자기 숨겨져 있던 능력이 발현된 건지 말입니다. 물론 전자의 경우가 더 많겠지만, 굳이 따지자면 저는 방학

동안 갑자기 변신해(?) 개과천선한 케이스였습니다.

✸ 12살에 만난
최애 부캐 '헤르미온느'

제가 초등학교를 다니던 시기만 해도 초등학생들도 중간고사, 기말고사를 보던 시기였습니다. 하지만 초등학생은 부담이 적어 잘 봐야만 하는 이유는 딱히 없었죠. 굳이 이유를 찾는다면 부모님의 칭찬과 물질적인 보상 정도가 아니었을까요?

하지만 저에겐 이마저도 없었어요. 저희 부모님은 자유방임 철학으로 저를 키우셔서 공부를 못한다고 해서 혼내지도 않으셨고, 잘한다고 해서 크게 칭찬해주지도 않으셨거든요. 물론 그때가지 공부를 잘한 적은 거의 없었지만요.

제 또래의 많은 친구들이 이미 부모님의 통제 하에 학원을 여러 개 다니고 있었는데, 그 아이들에 비하면 제 성적은 보잘 것 없었어요. 하지만 딱히 공부해야겠다는 생각이 들지 않아서 마음 편하게(?) 학교를 다니고 있었습니다.

그런데 4학년 겨울 방학이자 5학년으로 올라가기 직전이었던 어느 날 제 인생을 바꾼 사건이 발생하고 말았습니다. 전기장판에 누워 팔자 좋게 귤을 까먹던 제 머릿속에 하나의 생각이 스치고 지나갔어요(살면서 약간의 지루함이 필요한 이유가 이런 엉뚱한 생각을 할 수 있기 때문 아닐까요).

헤르미온느처럼 살아보면 어떨까?

당시 저는 『해리포터』를 정말 좋아해서 책이 너덜너덜해질 때까지 읽고 또 읽었어요. 『해리포터』 시리즈에서 제가 제일 좋아하는 캐릭터는 '헤르미온느'라는 소녀였습니다. 헤르미온느는 소설의 세 주인공(해리포터, 헤르미온느, 론) 중 가장 똑똑하고 모범생인 학생으로 하루 24시간을 쪼개 사는 그야말로 '갓생'의 표본 같은 캐릭터죠.

태평하게 귤을 까먹던 어느 날, 저는 갑자기 이 캐릭터로 살아보고 싶어졌습니다. 보통 그 또래 아이들이 하는

'앞으로 공부 열심히 해야지' 정도의 다짐을 넘어서 '난 범생이과는 아닌 거 같긴 한데, 살면서 공부 잘하는 모범생 역을 한 번쯤 해보고 싶네?'라는 다소 광적인 생각을 하게 된 것이었습니다(2020년 부캐 열풍이 불 때 저는 아차 했어요. 이미 수년 전 초등학생 때부터 내가 해온 것인데, 이 유행을 선도하지 못했다니!).

저는 배우가 배역을 소화하듯 개학 후 모범생의 모습으로 살기 시작했습니다. '헤르미온느라면 어떻게 했을까?'라고 끊임없이 질문하며 지냈어요. 그렇게 수업 시간에 집중하고, 집에 가서 복습하고, 시험기간엔 공부에만 집중하는 삶을 살기 시작했습니다.

사실 초등학생 때는 조금만 공부해도 높은 성적을 받을 수 있었기 때문에 저는 5학년 첫 시험에서 전 과목 중 1~2문제만 틀리는 '재수 없는 아이'가 될 수 있었어요.

그런데 이 부캐놀이가 생각보다 재미있었어요. 안 하던 공부를 하는 건 힘들었지만 전에는 모르던 기분을 느낄 수 있었거든요. 스스로의 내적 성취감도 느낄 수 있었고, 약간이었지만 부모님의 칭찬이라는 외적 동기도 있었죠.

그렇게 이 배역(?)을 쭉 성실하게 수행하다가 중학생이 되었습니다. 청소년기에 이르며 대학진학과 진로라는 현실적인 고민들을 하다가 모범생 역할이 인생에 도움이 될 거라고 판단했죠. 그래서 '우선 대학에 갈 때까진 이 배역을 계속 맡아야겠다'고 생각하며 헤르미온느와의 계약을 6년 연장하게 되었습니다.

❀ 해야 하는 일을
하고 싶은 일로 바꾸는 비밀스러운 방법

여기서 중요한 것은 그 누구도 저에게 공부를 강요하지 않았다는 것입니다. 많은 학생들(특히 중고등학생)에게 공부는 '하고 싶은 일'보다 '해야 하는 일'로 여겨지기 쉽습니다.

또 공부해야 하는 이유가 부모님의 압박 혹은 좋은 대학에 가기 위해서라는 외적 동기만 있을 가능성이 커요. 그렇기 때문에 많은 학생들이 공부를 어렵게 생각하는 것 같아요.

하지만 어떤 방식으로든 공부를 '내가 해야 하는 일'의 영역에서 '내가 하고 싶은 일'의 영역으로 끌고 온다면 어떨까요? 공부를 해야 하는 이유를 타인이나 상황이 아닌 나의 내면에서 찾아본다면요? 우리는 분명 그것을 훨씬 덜 힘들게 수행할 수 있을 것이고 또 더 잘 해낼 수 있을 것입니다. 눈치채셨겠지만, 어른의 일도 마찬가지입니다.

물론 아무리 노력해도 공부나 업무가 100% 하고 싶은 즐거운 일이 될 순 없겠죠. 맛집 가기나 하루 종일 낮잠 자기 같은 일들이 분명 더 재미있으니까요. 하지만 그럼에도 불구하고 우리가 해야 할 일들을 조금이나마 하고 싶은 일로 바꿔보려고 노력해보세요. 노력만으로도 우리의 삶은 분명 많이 달라질 거예요.

만약 해야 할 일을 하고 싶은 일로 바꿀 동기를 도저히 찾지 못하겠다면 저처럼 부캐를 만들어보세요. 나는 지금 배우고 나에게 특정 배역이 주어졌다고 생각해보세요. 이때 가장 근사한 점은 이 배역에 디테일을 부여할 수 있다는 거예요.

예를 들어 '나는 공부를 잘하는 모범생인데, 공부할 때

말고는 머리부터 발끝까지 꾸미고 나갈 줄 아는 핫걸이야', '나는 일분일초가 바쁜 유능한 커리어우먼인데, 남자친구에게는 세상 다정한 사랑꾼이야'처럼 배역에 내가 원하는 성향을 더해보세요.

아, 이때 중요한 건 이 부캐들을 '현재의 삶을 즐기는 인물'로 만드셔야 해요. 내가 현재의 삶을 즐기지 않더라도 내 부캐가 세상을 즐긴다는 생각의 전환만으로도 나또한 그렇게 될 수 있으니까요!

쉬운 일부터 하나씩
할 수 있다는 믿음

저에게는 치명적인 단점이 있습니다. 이 책을 쓰는 지금도 뼈저리게 느끼고 있지만 저는 '상당히' 게으릅니다. 하루에도 셀 수 없이 할 일을 미루고 또 미루죠.

유튜브나 SNS를 통해 저를 알고 계시는 분들 혹은 이 책을 읽으며 저에 대한 특정 이미지를 상상하셨던 분들이 있으시다면 꽤나 의외라고 생각하실지도 모르겠어요. 겉보기엔 성실해 보이고, 모든 일을 뚝딱뚝딱 해내며, 마감 시간도 잘 지킬 것 같지만… 전혀 아니거든요. 사실 저는 할 일을 다 해내지 못할 거라는 두려움에 파묻혀 사는 사람이랍니다.

스스로 할 일과 업무 시간을 정해야 하는 N잡 프리랜서라는 직업 특성상 더욱 더 그렇기도 하지만, 때로는 할 일을 시작할 엄두조차 나지 않아 침대에서 몇 시간을 낭비하기도 합니다. 그저 '하기 싫다!' 라는 생각 하나만 계속하면서요.

✹ 당신은 '습관적 미루기'로부터 안전한가요?

꽤나 불성실한 면모가 있는 제가 감히 책을 읽으시는 분들께 팁을 드리는 게 가소로울지도 모르겠습니다. 하지만 한평생 전교 1등을 안 놓친 아이보다 만년 하위권에서 어느 순간 전교 1등 꽁무니를 쫓는 노력파가 더 무서운 법! 진정 게으름의 굴레 속에서 허우적거려본 저이기에 더 현실적인 팁을 드릴 수 있답니다.

일단 다음 중 내가 자주 겪는 일들이 몇 개나 있는지 체크해보세요.

- ✓ 나는 사소한 일조차 습관적으로 자주 미룬다.
- ✓ 할 일을 미루다 결국 마지막 순간에 휘몰아치듯 한꺼번에 처리하며 뼈저리게 후회한다.
- ✓ 할 일을 미루다 마감 시간 또는 약속 시간에 맞추지 못한 적이 많다.
- ✓ 하루를 헤쳐나갈 엄두가 나지 않아 아침에 침대 밖을 나서는 게 두렵거나 하루 일과를 시작하기까지 시간이 너무 오래 걸린다.
- ✓ 이렇게 할 일을 계속해서 미루는 나 자신 때문에 큰 스트레스를 받는다.

물론 '할 일을 미룬다'는 건 살면서 누구나 경험하는 아주 흔한 일입니다. 위의 내용을 한 번이라도 겪어보지 않은 사람은 지구상에 없을 겁니다. 하지만 이런 일들이 가끔 발생하는 게 아니라 자주 일어나 나의 삶의 질에 악영향을 끼칠 정도라면, 한번쯤 내 상태를 점검해봐야 할 때라는 뜻입니다.

저 또한 위의 모든 항목에 공감할 정도로 할 일을 병적
으로 미룰 때도 있었죠. 물론 지금 이 책을 쓰는 와중에도
여전히 이런 내 자신과 씨름하고 있습니다.

한때는 정도가 너무 심해져서 아무것도 해내지 못하
고, 해내기도 싫은 내 자신을 보고 '혹시 우울증 같은 정신
질환을 겪고 있는 게 아닐까?' 하고 엉뚱한 곳에서 원인을
찾으려고 했었죠. 물론 이런 상태와 우울증 등 정신 질환
과의 상관관계가 아예 없다고는 할 수 없겠지만요.

이 때 가장 중요한 건 내가 도대체 왜 할 일을 계속해서
미루는지 따져보는 것입니다. 높은 확률로 당신은 태생부
터 게으른 사람은 아니었을 겁니다. 사실 할 일을 미루는
행위는 유전적 요인보다 스트레스와 아주 큰 연관이 있다
고 합니다.

내가 스트레스를 받고 있기 때문에 우리 뇌가 할 일을 계
속 미루게 만드는 거죠. 잘해야 한다는 부담이 클수록, 어려
운 일일수록, 업무량이 과도하게 많을수록! 일을 시작하는

게 더 어렵게 되는 것도 스트레스가 더 크기 때문입니다.

이때 우리 뇌는 스트레스 해소를 위해 해야 할 일을 미루며 딴짓을 하게 만듭니다. 공부를 시작하기 싫어서 SNS에 잠깐 들어갔다가 1시간이나 낭비한 적 있으시죠? 아니면 5분만 인터넷 하다가 업무 메일 보내야지 하다가 30분을 보내버린 적은요? 충격적인 사실은 우리 뇌는 이 시간 동안 나름대로 스트레스를 해소하고 있었다는 겁니다.

그렇지만 해야 하는 공부나 할 일을 미룬 채 1시간을 허비했다는 사실을 자각하는 순간, 우리는 더 큰 스트레스를 받게 됩니다. 더불어 방금 미뤘던 일을 이제 더 짧은 시간 내에 끝내야 한다는 생각에 안 그래도 하기 싫었던 일이 더더욱 하기 싫어지는 거지요.

✺ 게으름의 굴레에서 탈출하는 가장 쉬운 방법

이렇게 스트레스가 쌓여 할 일을 미루고, 스트레스 해소를 위해 딴짓을 하고, 시간을 낭비했다는 죄책감에 더 큰 스트레스가 쌓이는 끔찍한 게으름의 굴레 속에 빠지는 겁니다. 이 굴레에 들어가는 건 아주 쉽지만 빠져나오는 일은 결코 쉽지 않습니다.

이 상태가 반복되면 사소한 일도 해낼 수 없을 것 같은 무력감이 들기도 하고, 내 자신이 아무것도 할 수 없는 무능한 사람이라는 생각이 들게 됩니다. 최악의 경우 이 생각들에 사로잡혀 자존감이 낮아지기도 합니다.

이 게으름의 굴레를 끊기 위한 첫 걸음은 바로 '깨달음'입니다. 무조건 자책하며 스트레스를 가중시키는 건 결국 상황을 악화시킬 뿐이라는 것을 인식해야 해요. 결국 스트레스를 받지 않는 게 할 일을 해낼 수 있는 가장 좋은 방법입니다.

나는 할 일을 미루는 쓸모없고 무능력한 사람이 아니라, 그저 할 일을 미루는 '습관'을 가진 사람인 거죠. 이 습관은 충분히 교정 가능한 영역이라고 생각하고, 할 일을 미루는 내 자신을 발견해도 자책하지 말아보세요.

그리고 할 일을 미루고 있는 내 자신을 발견했을 때, 이 상황을 빠르게 인정하고 깨닫는 게 중요합니다. '아, 나 지금 할 일을 하기 싫어서 딴짓하며 미루고 있구나?'라는 걸 회피하지 않고 최대한 빠르게 깨닫는 게 중요하죠. 벌써 몇 분이나 낭비했다는 생각에 자책하고 더 큰 패닉에 빠지는 대신 스트레스를 받고 있어서 이 지경까지 왔다는 걸 인지하세요.

그리고 딱 5분만 할 일을 하겠다고 마음먹고 바로 시작해보세요. 일을 끝낼 필요도 없고, 많이 할 생각도 말고 딱 5분만 하겠다는 마음가짐으로 책상에 앉아보세요! 이 때 흥미로운 사실은 일단 이렇게 시작하는 순간 80% 이상의 경우가 5분 이상 그 일을 지속할 수 있다고 합니다. 애초에 나의 수행 능력이 부족하거나 게을러서 할 일을 못 했던 게 아니라, 그저 스트레스를 받아 시작할 수 없었던 겁니다.

혹시 할 일을 계속 미루고 싶고, 미루는 내 모습이 한심하게 느껴지나요? 일단 자리를 털고 일어나 하나씩 해낼 수 있다는 마음을 가져보세요. 그리고 딱 5분만 집중한다는 마음으로 시작해보면 어떨까요?

항마력만 있다면 가능한
3인칭 화법의 기적

대학에서 만난 첫 친구를 떠올리면 그 친구의 말투가 가장 먼저 생각납니다. 그 친구는 종종 자신을 3인칭화 해서 대화하는 독특한 습관이 있었거든요. 심지어 자신의 이름도 아니라 별명을 넣어서요! 그 친구의 별명은 '카우'였는데, 이렇게 말하곤 했죠.

카우 지금 너무 바빠서 통화할 수 없어!
카우 지금 가는 중~

카우 잠 와. 기숙사 들어가서 잘래.

다 큰 어른이 이렇게 말하다니…. 처음엔 큰 충격에 빠졌어요. 시트콤에서도 코믹한 캐릭터가 할 법한 대사를 직접 듣는 건 처음이니까요!

그런데 이 친구는 이것만 빼면 지극히 정상적인(?) 대학생이었어요. 그 이후로도 지금까지 만나며 그 친구에 대해 알게 된 점은 누구보다 자존감이 높고, 자기 의사가 확실하며, 멘탈이 견고하다는 점이에요.

● 나를 남이라고 생각하면
감정 컨트롤이 더 쉬어집니다

처음인 이 친구의 말투가 너무 웃겼어요. 그러다 점점 저를 포함한 친한 친구들이 그 친구처럼 자신을 3인칭화해서 대화하기 시작했죠. 제 별명은 제 이름과 비슷하고, 제 영어 이름이기도 한 '체리'였는데, 저도 이렇게 말하게 되었어요.

체리 지금 완전 신나는 일 있었어!

근데 체리 생각에 이건 좀 아닌 거 같아.

처음엔 웃으려고 따라했던 이 말투가 점점 입에 굳어버린 거 있죠. 생각보다 중독성이 너무 커서 가벼운 대화뿐 아니라 진지한 대화를 나눌 때도 3인칭 화법을 사용하는 경지에 이르렀습니다.

물론 이 화법은 아주 친한 사람, 연인 등 사적인 영역에서만 사용하고 있고, 평소엔 정상인(?) 행세를 하고 다니지만 가끔은 저도 모르게 튀어나와서 크게 당황할 때가 많아요. 한번은 스타트업 회사에서 인턴으로 일하고 있는데, 상사와 대화하는 도중에 "채린이는 이 부분을 보완해보면 어떨까 싶어요"라고 저도 모르게 이 화법이 튀어나와서 오싹해졌던 적이 있답니다.

그런데 말입니다. 큰 성공을 이뤄낸 사람들 중에 실제로 자신의 이름을 3인칭으로 부르는 사람들이 많았다고 해요. 〈네이처〉에 실린 연구에 따르면 본인을 '나'가 아닌 '이름'으로 지칭했을 때 부정적인 상황에서의 감정 조절이 더 쉽다고 합니다.

3인칭 화법이 부정적인 감정을 조절해 자신감을 향상시키는 아주 쉽고 효과적인 방법이었던 겁니다! 내 자신을 이름으로 부르면서 마치 제 3자가 나 자신을 바라보는 듯한 심리적인 거리를 두게 되면, 의식적으로 노력하지 않아도 자신감을 얻는 데 필요한 감정 조절 능력이 생기는 셈이죠.

● 자신감을 충전하는
나만의 유체이탈 상황극

저는 알게 모르게 저 자신을 3인칭으로 부르는 습관이 들어버렸습니다. "체리 요즘 조회 수가 안 나와서 예민해~ 그래도 열심히 하고 있으니까 괜찮아질 거야!"라고 스스로에게 혹은 가족이나 친한 친구들이 있는 카카오톡 방에 되뇌듯 외치기도 합니다.

부정적인 상황에 직면하는 순간 우리는 '넌 할 수 없

어', '넌 망했어' 등의 부정적인 말을 스스로에게 건네게 됩니다. 하지만 이때 내가 나 자신을 타인이라고 생각하며 거리를 둔다면 어떨까요? 그때도 '넌 할 수 없어', '넌 망했어'라고 말할 수 있을까요?

당연히 좀 더 긍정적이고 객관적인 이야기를 해주게 되겠죠. 이렇게 놓고 보니 3인칭 화법은 정말 큰 노력 없이 자신감을 얻을 수 있는 아주 재미있는 방법 아닌가요?

가끔 내가 처한 상황이 너무 거대해서 압도당하는 것 같은 기분이 들 때에도 비슷한 이미지 트레이닝을 하면 큰 도움이 됩니다. 스트레스 받고 힘든 일이 닥쳤을 때 조금은 엉뚱할 수도 있겠지만 저는 종종 내 영혼이 몸에서 빠져나가는 상상을 해봅니다. 그 후 심호흡을 하며 내 영혼이 스트레스 받고 괴로워하고 있는 내 자신을 바라보고 있다고 생각하며 제3자가 된 것처럼 위로와 격려를 하는 거죠.

채린아, 너 잘하고 있으니까 좀 쉬엄쉬엄 해! 이거 별일 아니야.

스트레스에 짓눌리거나 무너질 것 같은 상황에서 제3자의 시선으로 나를 바라보는 습관을 만든다면 나도 모르는 사이에 자신감이 생길 거예요. 이 자신감을 무기로 삼는다면 부정적인 상황을 헤쳐나가는 견고한 사람이 될 수 있답니다.

내가 나 자신의 이름을 부른다는 게 처음엔 낯간지럽게 들릴 수도 있겠지만, 아무도 모르는 나 자신만의 자신감 충전 비법이라고 생각하면 어떨까요? 물론 여러분께 제 이야기를 전해드리기 위해 '체리는~'이라고 말한다는 사실을 동네방네 소문내긴 했지만요!

3장

완벽하지 않을 지라도
괜찮은 내 인생

하루아침에 100만 유튜브 채널을 접게 되었고,

제 이미지는 바닥을 뚫고 지하로 떨어졌습니다.

그런데 참 이상했습니다.

고통스러우면서도 동시에 편안한 기분이 들었습니다.

인생이 나락으로 떨어진 와중에도 저는 여전히

웃을 수 있는 사람이었어요.

취업 대신 채널,
남들과 다르게 산다는 건

　　　　　어느 날 강아지를 산책시키기 위해 걷던 중 뒷산을 오르게 되었습니다. 큰길을 쭉 따라가다가 중간에 작은 샛길이 보였는데, 갑자기 옆으로 새고(?) 싶은 욕구가 샘솟았어요.

　　물론 해발고도 160미터의 아주 얕은 산이라서 크게 위험하지 않을 것이기에 시도한 일탈이었지만, 그날따라 충동적으로 잘 가꿔진 산책로를 뒤로 하고 우거진 나무 사이를 헤치고 나아가기 시작했습니다(그러고 보니 제 강아지의 의견은 미처 물어보지 못했네요).

여름의 볕을 받고 자란 나무는 무성하게 자라 있었고, 저는 나뭇가지에 몸을 긁히기도 했습니다. '그래 봤자겠지'라고 생각했던 길이 생각보다 너무 가파르더라고요. 여기저기 다치고 생각보다 길도 험했지만 저는 그 상황보다 '혹시 다시 못 돌아가면 어떻게 하지'라는 제 안의 작은 목소리가 들려 두려웠어요.

인생도 마찬가지인 것 같아요. 남들과 조금 다르게 샛길을 걷게 될 수도 있고, 다른 길을 가고 싶지만 주저하게 될 수도 있습니다. 그런데 남다른 인생으로 나아갈 수 있는 갈림길에 섰을 때 우리가 주저하는 가장 큰 이유가 뭘까요.

나 홀로 다른 길을 걷게 될 거라는 고독함도, 새로운 세계에서 마주하게 될 고난과 역경 같은 복잡한 생각도 아닌 '다시는 원래의 길로 돌아올 수 없을 것 같은' 원초적인 두려움 때문은 아닐까요. 거대한 산속에서 홀로 조난당하는 두려움과 비슷한 상태일 테니까요.

✦ 1시간 만에 포기해버린
10년간의 '가짜 꿈'

23살, 그러니까 대학교 3학년 때였어요. 모두가 취업 때문에 고민하던 시기 저는 꽤나 색다른 선택을 했습니다. 바로 유튜브 계정을 개설한 것이었습니다.

사실 취업준비를 해야 할 3학년 때가 아니라 1, 2학년 때 시도했었어야 했는데, 그리고 충분히 시도할 수 있었는데 저는 그러지 못했어요. 시작할까 말까 계속 고민만 하다가 시간이 흘러버렸거든요. '고민은 결정만 늦출 뿐'이라는 말은 괜히 있는 게 아닌가봅니다.

제가 가장 중요한 시기에 유튜브를 시작한 이유는 순전히 저의 취향 때문이었어요. 유튜버의 길을 걷게 된 건 태어날 때부터 갖고 있었던 제 특성 때문이 아닐까 생각해요.

너무 어려서 단편적인 기억으로만 남은 시절부터 저는 사람들의 관심을 받고 싶어 했습니다. 대중의 관심을 받고 사는 스타의 삶을 동경하며 자랐죠. 하지만 외모가 절세미

인도 아니었고, 노래를 엄청 잘 부른다거나 춤을 미친 듯이 잘 추는 것도 아니었기 때문에 제 마음속 염원을 차마 겉으로 드러낼 순 없었어요.

나 스스로도 이런 내 모습을 인정하기 부끄러웠기 때문에 가족에게도 말할 수 없었죠. 하지만 사람들의 관심을 받고 싶어 하는 '관종 DNA'가 태어날 때부터 새겨져 있었던 것만은 분명합니다.

그렇기에 회사원, 변호사, 의사⋯ 그 어떠한 직업도 썩 내키지 않았어요. 그렇다고 해서 '제 꿈은 스타가 되는 것입니다'라고 이야기하고 다닐 수는 없는 노릇이었기에 저 나름대로 그럴싸한 계획을 세우게 되는데요. 바로 '아나운서'가 되는 것이었습니다.

어린 나이였기에 아나운서라는 직업의 의미보다는 예쁘게 단장해 TV에 나올 수 있겠다는 생각에 막연히 정한 진로였습니다. 아나운서라는 직업에 대한 잘못된 환상을 갖게 된 거였죠. 그리고 아나운서가 되려면 어느 정도의 학력이 뒷받침돼야 한다는 판단을 내렸어요.

즉 아나운서는 '공부를 잘하는' 저의 아이덴티티와 '주목 받고 싶은' 저의 욕구의 교집합에 있는 직업이었던 셈이죠. 나아가 제 강점 중 하나가 영어였기 때문에 '영어 아나운서'라는 디테일한 목표를 설정하기에 이릅니다. 그렇게 꽤 오랜 시간 이 직업을 목표로 삼고 살았습니다.

대학교 2학년이 끝나갈 무렵 본격적으로 진로를 고민하기 시작했습니다. 유명하다는 학원에 찾아가 이야기도 들어봤지만, 영어 아나운서라는 진로에 대한 감이 잡히지 않았어요.

그래서 결국 제가 취직하고 싶었던 방송사의 기상캐스터분께 한 번만 만나달라고 당돌하게 졸라보기로 했습니다. 그분은 매우 바쁘셨는데, 12월 31일 같은 날에라도 찾아뵙고 싶다는 대학생의 열정을 좋게 보셨는지 흔쾌히 시간을 내주셨습니다. 그렇게 21살의 마지막 날 저는 현업에서 일하시는 분과 커피를 마시게 되었습니다.

그분과 1시간 정도 이야기를 나누고 저는 오랜 시간 가졌던 영어 아나운서라는 꿈을 바로 접기로 했습니다. 그분의 이야기를 들어보니 아나운서의 일상은 제가 원하던 삶이 아니더라고요. 아나운서라는 직업은 대중의 관심을 받는 스타의 삶과는 거리가 있었습니다.

사실 마음속으로는 이미 알고 있었던 것 같아요. 영어 아나운서라는 꿈은 그저 그럴싸한 계획이었을 뿐, 제가 진짜 하고 싶은 일은 따로 있다는 걸요. 제가 정말 염원하던 꿈이었다면 10년간의 꿈을 단 1시간 만에 접을 수 있었을까요. 말이 안 되는 얘기죠. 그 꿈은 저의 '가짜 꿈'이었던 겁니다!

✦ 무모한 도전을
무모하지 않게 만드는 방법

가짜 꿈을 접은 이후 저는 근본적인 질문을 던져보기로 했습니다. '내가 진짜 원하는 삶은 무엇이지?'라고 물은 뒤 차근차근 생각해보았습니다. 제가 가장 고민하던 부분은 제가 '애매한 재능'을 가진 사람이라는 것이었어요. 저는 무엇 하나를 특출나게 잘하는 것이 아니라 모든 일을 조금씩 좋아하고 잘하기도 하는 '잡탕'인 사람이거든요.

이런 성향은 일상에서 저를 매력적인 사람으로 만들어 주기도 하지만 직업의 세계에서는 좋은 카드가 아니었습니다. 기업에선 특정 분야를 뾰족하게 잘하는 특화된 사람을 뽑고 싶어 하니까요.

생각해보니 저의 '잡탕'과 같은 재능이 진가를 발휘할 수 있는 곳이 딱 한 군데 있었습니다. 바로 '유튜브' 시장이죠. 1인 크리에이터야말로 스스로 모든 것을 해나가야 하는 만큼 여러 가지 일을 홀로 해낼 수 있다면 분명 도움이 될 거라고 생각했어요. 그리고 무엇보다 제가 평생 꿈꿨던 '대중의 관심을 받는' 직업이었죠.

하지만 취업 전선에 뛰어들어야 하는 대학교 3학년 때, 이미 레드오션이라고 알려진 유튜브에 뛰어드는 건 무모한 행동이었습니다. 이 길을 택하는 순간 남들과는 완전히 다른 길을 걷게 될 테니까요. 이 중요한 시기에 유튜버가 되겠다고 한다면 주변 사람들이 저를 철없게 볼까 두렵기도 했습니다.

사실 혼자 다른 길을 걷게 되는 외로움도, 전혀 알지 못하는 미지의 길을 걸으며 맞닥뜨릴 어려움도 다 극복할 자신이 있었어요. 하지만 이 길로 들어서는 순간, 다시는 남들이 걷는 평범한 길로 돌아올 수 없을 것 같다는 두려움이 제 선택을 가로막았습니다. 그때 당시에는 모두가 취업하는 그 시기를 놓치면 인생이 끝나는 줄 알았으니까요!

그래서 고민하게 되었습니다. '어느 정도의 안전장치를 두고 새로운 길을 걸어보는 방법은 없을까?', '이 도전의 무모함을 낮출 수 없을까?' 하고요. 샛길을 걷더라도 원래의 길로 다시 돌아갈 수 있다는 믿음이 조금이라도 있다면, 조금은 편한 마음으로 유튜브에 도전할 수 있을 것 같았어요.

저는 이 도전의 무모함을 낮추기 위해 나름대로의 계획을 짜기 시작했습니다. 먼저 구독자 3천 명을 모아보기로 했습니다. 그렇다면 언젠가 마케팅 관련 일로 취업할 때 커리어가 될 수 있을 거라는 생각이었죠.

유튜브 채널이 생각보다 잘돼서 나의 업으로 삼을 수 있다면 더할 나위 없이 좋겠지만, 그렇게 되지 못하더라도 '평범한 인생'이라는 큰 길로 돌아갈 수 있는 저만의 안전장치를 걸어둔 셈이었죠.

이렇게 믿는 구석이 생기니 '잘되면 좋고, 아니면 말고'라는 쿨한 생각을 갖고 약간은 즐기며 일할 수 있었습니다. 그 덕분일까요. 제 채널은 생각보다 훨씬 크게 성장해 구독자 100만 명이라는 숫자를 달성하게 되었습니다. 지금도 저는 종종 생각합니다. '이 길에 들어서지 않았으면 얼마나 후회하며 살고 있을까' 하고요. 생각만 해도 너무 아찔한 가정이에요. 지금 하는 일은 저를 너무 많이 행복하게 해주고 있거든요.

우리는 인생에서 늘 선택의 길에 놓입니다. 점심 메뉴를 고르는 쉬운 선택도 있지만, 내 인생이 달려 있는 커다란 선택도 있지요. 그 모든 것을 통틀어 가장 어려운 선택은 '내가 하고 싶은 일과 해야 할 것 같은 일' 중 하나를 고르는 것 같아요. 도전하지도 않고 포기하기엔 평생 후회할 것 같고, 그렇다고 모든 걸 다 버리고 하고 싶은 것을 선택하기엔 무서우니까요.

그럴 땐 나만의 안전장치를 만들어보면 어떨까요? 샛길을 탐험하다 아니다 싶으면 원래의 길로 돌아갈 수 있는 나만의 과자부스러기를 흘려두는 거죠.

우리는 인생에서 늘 선택의 길에 놓입니다.

내 인생이 걸린 선택이라면 나만의 안전장치를 만들어보면 어떨까요?

샛길을 탐험하다 아니다 싶으면 원래의 길로 돌아갈 수 있는

나만의 과자부스러기를 흘려두는 거죠.

결국 이 과자부스러기를 쫓으며 돌아가지 않게 될 수도 있어요. 하지만 이 안전장치는 새로운 길을 걸어갈 때 나의 불안을 줄여주는 '믿는 구석'이 될 거예요. 그리고 이 믿는 구석은 새로운 길 앞에서 망설이는 나에게 첫걸음을 내딛는 용기가 되어줄지도 몰라요!

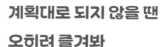

계획대로 되지 않을 땐
오히려 즐겨봐

나 어젯밤에 자료 만드느라 4시간 밖에
못 잤어.

이런 말을 입에 달고 살았던 적이 있습니다. 누군가에
게 이 말은 끔찍하게 들릴지도 모르겠지만 저는 이 말을
훈장처럼 여겼던 것 같아요. 어리석게도 수면 부족이 곧
성공한 사람, 부자, 천재의 특성이라고 생각했죠.

그래서 제 입에서 '4시간 밖에 자지 못했다'는 말은 투정이 아니라 자랑스럽게 두르는 망토와 같았어요. 그렇게 저는 꽤 오랜 시간 일도 공부도 독기를 품고 하는 사람으로 살았습니다.

✦ 한 손엔 100만 유튜버라는 트로피를
다른 한 손엔 불행이라는 칼날을

네, 인정할게요. 앞에서 제 이야기를 다소 미화시켰는데요. 유튜브 채널을 시작하고 100만 유튜버가 되기까지의 과정은 정말 멀고도 험난했어요.

유튜브는 냉철한 자본주의의 정점과도 같은 곳입니다. 뒤처지지 않기 위해선 공장처럼 주기적으로 콘텐츠를 찍어내야 했어요. 무엇이든 잘해야 한다는 강박을 안고 살던 저였기에 유튜버로서의 삶은 꽤나 혹독했습니다.

내가 얼마나 잘할 수 있는지, 얼마나 자주 올릴 수 있는지가 오로지 내 손에 달려 있다는 사실은 축복임과 동시에 저주와 같았어요. 내가 쉬고 싶을 때 쉴 수 있고, 일하고 싶을 때 일할 수 있다는 건 어찌보면 좋아 보이지만 사실 매우 힘든 일이에요.

왜냐하면 쉬는 시간이 조금이라도 길어진다면, 나라는 존재는 콘텐츠의 파도 속에 묻혀 잊혀지게 되거든요. 그 상황을 너무나도 잘 알았기에 유튜버의 삶에서 일시 정지 버튼을 누른다는 건 있을 수 없는 일이었죠.

그래서 언제부턴가 콘텐츠를 만드는 것이 마냥 즐겁지는 않게 되었어요. 그저 이 시장에서 뒤처지지 않기 위해 꾸역꾸역 일을 해내는 기분이 들기 시작했죠. 더 최악이었던 건 이렇게 아등바등 버텨내도 이제 내 앞엔 내리막길밖엔 없다는 것이었어요.

왜냐면 대중들의 관심과 인기는 시간이 지나면서 자연스럽게 사그라들 수밖에 없으니까요. 그 당시 저는 내 가치를 일의 성과와 100% 동일시하는 삶을 살고 있었어요. 그렇기 때문에 내가 만드는 콘텐츠의 성공과 실패 여부에 따라 나의 가치는 롤러코스터처럼 올라갔다 내려갔다를 반복했습니다.

100만 유튜버가 되면 행복할 줄 알았는데, 저는 가장 불행한 하루하루를 살고 있었어요. '100만 유튜버'라는 타이틀은 항상 나와 함께하는 반짝이는 트로피와 같았고, 물질적으로도 어느 때보다 풍요로웠지만 행복하진 않았어요. 내가 이룬 성과를 내 자신과 동일하게 여기다보니 내 성과가 사라진다면 내 자신도 사라질 것만 같은 생각에 하루하루가 불안했죠.

✦ 나락의 바닥에서 발견한
   평온함

그러던 어느 날 저에게 엄청난 사건이 일어나고 말았습니다. 자세히 말하기엔 너무 길고 복잡한 이야기라 짧게 얘기하자면 하루아침에 100만 유튜브 채널을 접게 되었어요. 게다가 앞으로 더는 유튜브를 하기 어려울 정도로 제 이미지는 바닥을 뚫고 지하로 떨어졌습니다.

하루아침에 실직자가 되었고, 저에 대한 이상한 소문이 퍼지면서 동종 업계의 어떤 회사에서도 날 받아줄 것 같지 않았죠. 그렇게 저는 한 번도 계획한 적 없던 백수 생활을 시작하게 되었습니다.

그냥 백수도 아닌 나락에 빠진 백수였죠. 수년간 모든 에너지를 쏟으며 키운 내 정체성과도 같은 채널을 잃었고, 앞으로 인생을 어떻게 살아가야 할지 감이 잡히지 않아 막막했어요. 처음 느껴보는 거대한 허무함과 두려움에 매일 아침 눈을 뜨는 게 저주처럼 느껴질 지경이었습니다.

그런데 참 이상했습니다. 멱잘 잡혀 끌려가듯 일했던 게 너무 괴로웠던 걸까요? 막상 그 일을 할 수 없게 되자 속이 매우 쓰리고 고통스러우면서 동시에 편안한 기분이 들기도 했습니다.

수년 동안 한 번도 느껴본 적 없는 느낌이었죠. 지금껏 저는 근사한 직업, 사회적 성취, 좋은 이미지, 좋은 학벌 같은 훈장을 잔뜩 달고 살았던 것 같아요. 그런데 이 훈장이 다 떨어지고 나니 비로소 헐벗은 제 자신의 모습을 마주할 수 있었죠.

그런데 말입니다. 이 모든 훈장이 떨어진 내 모습이 썩나쁘지 않아보였어요. 오히려 오랜 시간 달고 있던 훈장의 무게를 덜고 나니 한결 가벼운 느낌이었고, 하루하루의 소

소한 즐거움을 만끽할 수 있게 되었죠.

인생이 나락으로 떨어진 와중에도 저는 여전히 사랑하는 사람들과 시시콜콜한 대화를 나누며 웃을 수 있는 사람이었어요. 또 강아지와 산을 오르며 깊게 숨을 내쉬는 것만으로도 살아 있음을 느낄 수 있었죠.

보여줄 관객은 사라졌지만, 내 자신을 가꾸는 게 여전히 재미있어 운동을 계속 나갈 수 있었고, 새로운 무언가도 배우며 흥미를 느꼈습니다. 예전에 느껴본 적 없었던 감정들이 손끝, 발끝까지 느껴져 하루하루가 즐거웠어요.

물론 '앞으로 어떻게 먹고 살지?', '어떤 일을 하며 살아야 하지?' 같은 현실적인 고민들도 생겼지만, 적어도 한 가지만은 확실해졌습니다. 앞으로 더 큰 성취를 이뤄 더 크고 무거운 훈장을 달게 되더라도 이 순간을 즐기고 있는 내 모습은 내 안에 계속 있을 거라고. 그리고 훈장 없이도 행복할 줄 아는 이상 어떤 일을 하며 살든 나는 괜찮을 거라고.

계획대로 되지 않는 게 인생이라지만, 이 정도로 제 인생이 송두리째 틀어질 줄은 몰랐어요. 하지만 아이러니하게도 인생이 계획대로 흘러가지 않은 순간에 저는 인생에서 가장 중요한 깨달음을 얻었어요.

그러니 인생이 계획대로 흘러가지 않는다고 해서 두려워하지 말고, 오히려 그 순간을 즐겨보면 어떨까요?

대충 살면 안 될 것 같지만
대충 살아야 하는 이유

어느 날 하루를 1분 단위로 쪼개 사는 갓생러 친구에게 전화해 "뭐해?" 하고 물었어요. 그 친구는 "나? 존재하고 있어"라고 답했습니다. 그 당시에는 그 친구가 아무것도 안 하는 상태를 재치 있게 대답했다고 생각했는데, 나중에 생각하니 아무것도 하지 않는 상태가 생각보다 어렵고 드문 일이더라고요.

워커홀릭 성향이 강했던 그 친구는 어쩌면 아무것도 하지 않는 것의 어려움을 알았던 건 아닐까요? 그래서 자신의 상태를 '시간을 그저 떠나보내는 것'이 아니라 능동적으로 '존재하고 있다'고 표현한 것일지도 모르겠습니다. 뭐, 과한 해석일 수도 있어요.

✦ 갓생 살지 않는 나 자신이 한심하다고 느껴진 적 있나요?

언제부터였을까요. 생산적인 인간이 되는 것이 이 시대의 최고의 가치가 된 것 같습니다. '미라클 모닝'과 '갓생' 같이 생산성을 강조하는 단어가 유행하는 것도 이 때문이죠. SNS를 봐도 갓생 사는 사람들이 대부분인듯 합니다.

이들은 일뿐 아니라 여행이나 휴가조차 열정적으로 하는 것 같아요. 휴가도 여유롭게 쉬러가는 게 아니라 무언가의 목적을 가지고 바쁘게 시간을 보내는 것 같죠. 이런 라이프스타일을 담은 콘텐츠는 성공을 위해서 더 열심히, 더 부지런하게, 더 생산적으로 살아가야 한다는 메시지를 담고 있어요.

하지만 이런 갓생러들의 삶을 들여다보면, 왠지 모르게 불편한 마음이 들기도 합니다. 그저 열심히 살고 있는 한 개인의 인생을 보고 있는 것만으로도 숨이 턱 막히는 이유는 뭘까요? '다들 열심히 사는데, 나만 게으르고 뒤처지는 것 같아'라는 생각 때문인 것 같아요. 이런 콘텐츠들은 '독기를 품고 악착같이 하루하루를 살아가는 사람들이 이렇게 많은데, 나는 지금 뭐하는 거지?'라는 자책을 불러일으키기 쉽거든요.

물론 열심히 사는 게 나쁜 일은 아니에요. 그리고 분명 열심히 살아야만 하는 순간이 찾아오기도 해요. 하지만 이렇게 열심히 사는 삶에만 초점을 둔다면 우리는 치명적인 함정에 빠지게 돼요. 바로 내 가치를 생산성과 동일하게 여기게 되는 거죠.

매일 무엇인가를 달성하려고 아등바등 살아가다보면 성적, 성과, 목표 등이 자신의 가치를 매기는 유일한 기준처럼 느껴지게 됩니다. 결국 성과를 내기 위해 잠과 휴식을 줄이고, 끼니를 대충 때워 몸이 상하게 되죠. 심지어 마음도 상하게 될 수 있습니다.

혹시 여러분도 다음과 같은 일을 겪은 적 있으신가요?

① A는 아침에 일어나서 오늘부터 효율적인 사람으로 살겠다고 다짐하며 오늘 할 일 체크리스트를 잔뜩 적어 놓습니다. A는 하루 종일 체크리스트에 있는 일과를 하나씩 해내려고 노력했지만 체크리스트에 있는 내용을 다 끝마치지 못했어요.

사실 A의 체크리스트는 하루 동안 해낼 수 있는 일들이 아니었지요. 그럼에도 불구하고 A는 목표를 달성하지 못한 자신의 나약함을 탓하며 자책합니다.

② 회사에서 새로운 프로젝트를 맡고 있는 B는 요즘 너무 바쁩니다. 점심시간에도 일을 계속해야 해 샌드위치로 끼니를 때우기도 하죠.

B는 지난 며칠 내내 야근을 하느라 헬스장에 가지 못했던 게 마음에 걸려 오늘은 무슨 일이 있어도 정시에 퇴근을 하겠다고 다짐합니다. 화장실 갈 시간도 아껴 휘몰아치듯 업무를 끝내고 정시 퇴근에 성공한 B는 집에 가서 옷만 갈아입고 바로 헬스장으로 가려

고 합니다.

그런데 막상 집에 도착하자 10분만 소파에 앉아 쉬고 싶어졌어요. '딱 10분만 쉬자'라고 생각하며 앉았지만, 10분은 금세 1시간이 되고 말았습니다. 힘이 다 빠진 B는 그렇게 아무것도 하고 있지 않은 상태로 헬스장에 갈까 말까 고민하기 시작했어요. 그 사이 2시간이 훌쩍 지났고, 3시간 내내 아무것도 하지 않았다는 생각에 '나는 왜 이렇게 한심할까'라고 자책합니다.

A와 B가 겪고 있는 상태는 '미니 번아웃'입니다. 그런데 이들의 이야기가 너무 익숙하지 않으신가요? 우리 모두가 겪고 있거나 겪었던 일이니까요.

만약 내 가치를 생산성에 투영시켜 산다면, 많은 일을 해내지 못하게 되었을 때 쓸모없는 인간이 되는 기분을 느끼게 될 거예요. 그리고 그런 일들은 삶에서 생각보다 자주 생기죠. 하지만 우리는 이 세상을 살아가는 인간이라는 사실 자체만으로 의미 있어요. 존중받을 권리가 있죠. 우리가 하는 일이 우리의 가치를 정해서는 안 됩니다.

✦ 매 순간 열심히 산다는 건
불가능 합니다

언젠가부터 우리는 아무것도 하지 않은 상태를 견딜 수 없게 되었습니다. 조급하고 불안한 마음에 끊임없이 자극을 추구하고, 무엇인가를 해야만 할 것 같은 세상에 살고 있습니다. 그야말로 '그저 존재하는 것'이 꽤나 어려운 시대죠. 죄책감이나 조급한 마음 없이 아무것도 하지 않았던 적 있으신가요? 마지막으로 그런 시간을 보냈던 게 언제인가요?

사실 뇌에게는 지루함이 꼭 필요하다고 해요. '잠'이 우리 몸에 해주는 역할을 '지루함'이 뇌에게 해준다고 합니다. 그만큼 아무것도 하지 않는 시간은 뇌 성장에 매우 중요한 역할을 합니다.

실제로 커다란 영감이 떠오르는 순간들은 대게 아무것도 하지 않는 시간 직후라는 연구 결과도 있어요. 왜 종종 샤워하다가 번뜩이는 아이디어가 떠오를 때 있잖아요. 어쨌든 그런 이유에서도 우리는 생산성의 늪에 빠지지 않도록 주의해야 합니다. 생산성을 쫓으며 정신없이 살다가 오히려 생산성을 압도할 만한 창의적인 일들을 놓치게 될지도 모르니까요.

살다 보면 수능을 눈앞에 둬서 정신없이 공부만 해야 할 때도 있고, 회사에서 큰 프로젝트를 맡아 일분일초를 쪼개서 살아야 할 때도 있죠. 나의 사업을 성공시키기 위해 내 모든 시간과 노력을 올인 해 쏟아부어야 하는 때가 오기도 합니다.

이처럼 하루를 72시간처럼 끌어와 써야 하는 순간은 누구에게나 분명히 옵니다. 그러니 누군가 이 책을 읽고 '그래, 열심히 살지 말아야지!'라고 절대 생각하시지 마시길 바랍니다.

제가 이야기하고 싶은 것은 우리 모두는 일하기 위해, 생산적으로 살기 위해 태어난 존재들이 아니라는 사실입니다. 또 우리는 태어나서 죽을 때까지 끊임없이 열심히 살수만은 없습니다.

오히려 지나치게 생산성을 추구하다보면 잃는 것도 생기기 마련이지요. 인생에 한 번밖에 오지 않는 순간이나,

평생 살아갈 힘을 만들어줄 아름다운 추억을 만들 시간들을 놓쳐버릴지도 몰라요. 부디 잊지 마시길 바라요.

생산성을 인생의 최우선에 두지 않고도 우리는 꽤나 멋진 사람이 될 수 있다는 것을요.

'아무것도 하기 싫어증' 극복법

      누구에게나 아무것도 하기 싫은 순간이 찾아옵니다. 하지만 아이러니하게도 이 아무것도 하기 싫은 순간은 부지런한 사람들에게 더 쉽게 찾아오곤 합니다. 열심히 살아야 한다는 강박이 심하고, 남들보다 뒤처지는 게 아닌지 불안해하는 사람일수록 '아무것도 하기 싫어증'에 걸리기가 쉽죠.

      대학을 다닐 때 한 친구가 있었는데요. 세상에서 가장

부지런한 사람이 아닐까 싶을 정도로 대내외 활동을 활발하게 하는 친구였어요.

제가 다니던 학교에는 활동량이 높기로 악명 높은 동아리가 하나 있었습니다. 친구는 그 동아리에 들어가 있으면서도 유명한 기업의 대외활동도 2~3개씩 해냈죠. 그 와중에 과외해서 돈도 벌고, 남자친구와 데이트도 했어요. '도대체 이 친구는 잠을 언제 자는 거지?' 싶을 정도로 경이로운 사람이었습니다.

정신없이 바빠지자 이 친구에게는 어떤 습관이 생겼습니다. 바로 몇 달에 한 번씩 몇 주 동안 연락을 두절하는 '잠수 기간'을 갖는 것이었습니다. 그런데 잠수를 타면서도 온전히 휴식을 즐겼던 게 아니라 '정말 아무것도 하기 싫은데, 내가 이래도 되나?'라는 불안한 마음을 껴안고 있었다고 합니다.

완벽하게 방전된 상태로 스트레스까지 받으며 세상과 자신을 단절시키며 숨어 있었던 거죠. 아, 물론 제 얘기는 아니고 정말 아는 사람의 이야기입니다.

매일을 열심히 살아가는 사람들에게 주기적으로 찾아

오는 '아무것도 하기 싫어증'. 아무것도 하기 싫어증은 열심히 살아가는 사람들에게 조용히 찾아와 그들의 일상을 흔들어놓곤 합니다. 인정받으며 잘 다니던 회사를 갑자기 그만두는가 하면, 오랫동안 노력해왔던 일을 눈앞에 두고 포기하게 만들기도 하고요.

증상이 심각해지면 자신만의 동굴에서 빠져나오기도 어려워지게 됩니다. 누군가는 금방 빠져나올 수도 있겠지만 사람에 따라 아주 오랜 기간 모든 연락을 단절한 채 꽁꽁 숨어버리기도 하죠. 이런 최악의 상태가 되지 않기 위해 아무것도 하기 싫어증을 막아보기 위한 여러 예방법을 만드는 것을 추천합니다.

연례행사처럼 걸리는 감기를 떠올려보세요. 감기 몸살 기운이 올락 말락 하는 그 세한 느낌 아시죠? 그때 평소보다 잘 먹고(특히 비타민 C가 들어간 음식을 잔뜩 먹기도 하죠), 잘 잔다면(몸을 따듯하게 해주면 더 좋지요) 된통 걸릴 감기도 약하게 지나가곤 해요.

아무것도 하기 싫어증도 마찬가지입니다. 이 증세가 올 것 같다면 그 순간을 잘 캐치해 대처해보세요. 만약 자신만의 대응 매뉴얼이 있다면 더욱 좋겠죠? 그렇다면 이 무시무시한 증상도 생각보다 가볍게 지나갈 수 있을 거예요. 아래는 저만의 아무것도 하기 싫어증 대응 매뉴얼이랍니다.

① 일단 움직이세요.

무기력한 기분이 든다면 일단 침대에서 몸을 일으켜 움직여보세요. 책상 정리, 설거지, 가벼운 산책, 밀린 택배 뜯기와 같이 10~20분 내에 끝낼 수 있는 아주 간단한 활동을 해보세요.

작은 일을 해냄으로써 즉각적으로 성취감을 느낄 수 있을 거예요. 이 기분은 무기력증에 가장 효과적으로 맞설 수 있는 약이랍니다. 거창하고 복잡한 걸 해내려고 시도하지 말고, 일상 속에서 작은 일들을 해내며 뿌듯한 기분을 만끽해보세요.

② 휴식을 계획하세요.

바쁘게 살다 보면 할 일을 다 하고 난 자투리 시간에나 겨우 쉴 수 있어요. 일에 치이다보면 쉬는 시간이 사치처럼 느껴지기도 하죠. 하지만 휴식시간도 계획하고 그 스케줄을 꼭 지키시길 바라요. 다이어리나 체크리스트를 펴보면 회의하기, 보고서 쓰기 혹은 문제집 풀기가 떡하니 차지하고 있을 거예요. 그런데 왜 나를 위한 휴식시간은 넣지 않을까요? 휴식시간도 나의 하루 일과표에 반드시 적어 넣어주세요. 단 아주 구체적인 계획이 필요해요.

집 가서 할 일 다 하고 그래도 시간이 남으면 대충 TV나 보다가 자야지.
→ 오후 8시부터 11시까지는 내가 가장 좋아하는 음식을 배달시켜 놓고 넷플릭스에서 드라마 정주행 하면서 같이 먹어야지.

물론 처음엔 휴식시간이 잘 지켜지지 않을 수도 있어요. 다른 급한 일들이 생기면 가장 먼저 우선순위에서 밀려날 테니까요. 하지만 아무리 할 일이 많아도 쉴 땐 쉴 수 있도록 의식적으로 노력해야 합니다. 휴식이야말로 아무것도 하기 싫어증을 막기 위한 최고의 예방주사거든요.

③ 휴대전화를 사용하지 않는 시간을 만드세요.

우리는 24시간 휴대전화와 SNS를 통해 자극에 노출됩니다. 침대에 누워 손가락 하나만 까딱하면 즉각적으로 도파민을 충전할 수 있는 세상입니다. 특히 아무것도 하기 싫은 상황에서는 이런 짧고 강렬한 도파민 충전에 중독되기 더 쉬워지죠. 증상이 심해질 경우 영상들을 보기 위해 의미 없이 스크롤을 내리며 하루를 낭비하게 됩니다. 그렇게 하루를 보내게 되면 시간을 허비했다는 생각에 더욱 큰 자괴감을 느끼고, 더 심한 무기력증으로 이어지는 악순환이 반복되죠. 악순환의 고리를 끊기 위해서는 의식적으로 시간을 정하고 도파민을 멀리하는 시간을 갖도록 노력해야 합니다.

아무것도 하기 싫어증이 내 마음을 두드릴 때, 이 3가지 매뉴얼을 활용해보세요. 그러다보면 눈덩이처럼 커질 증상도 생각보다 가볍게 지나가게 될지도 몰라요. 물론 가장 중요한 건 현재의 내 상태를 객관적으로 바라보고 파악하는 것이겠죠?

그러니 늘 내 자신을 아끼고, 가장 친한 친구를 대하듯 어떤 상태인지 자주 관심을 가져보면 어떨까요?

불안을 없앨 순 없지만,
컨트롤할 순 있어

SNS 팔로워들에게 물어본 적이 있습니다.

저만 그러는지 모르겠는데 혹시 1월1일, 생일, 크리스마스, 각종 기념일 등 특별한 날을 앞두고 유독 불안함을 느끼는 분들 있나요?

놀랍게도 70% 이상이 '그렇다'고 답했습니다. 행복할 것만 같은 특별한 날이 다가올수록 더 불안하고, 기분이 가라앉는 사람들이 많다는 점, 꽤 흥미롭지 않은가요? 저는 이 불안한 기분을 '특정일 공포증'이라고 이름 붙여 부를 만큼 꽤 오래 전부터 느껴왔어요.

특별한 날을 앞두고 싱숭생숭한 기분이 들 때가 많은데, 왜 그랬는지 생각해보니 특별한 날을 특별하지 않게 보내고 있다는 생각 때문이었어요. 다른 사람들은 이 특별한 날을 중요한 사람과 의미 있고 행복하게 보내고 있는데, 나 혼자서만 평범하게 보내고 있다는 생각에 한없이 우울해지기도 했죠.

그런데 특별한 날들은 상징적이기에 유독 불안감이 크게 느껴지는 것뿐이지, 많은 사람들은 평소에도 늘 불안함을 안고 살아가는 것 같아요. 어찌보면 '특정일 공포증'은 어떤 날뿐 아니라 평소의 불안한 상태를 대변하는 것은 아닐까 싶더라고요. 평소에는 이 불안함을 깊게 생각할 이유가 없는데, 특정일이 되면 이 감정이 부각되어 크게 느껴지는 거죠.

우리는 평소에도 다양한 매체를 통해 다른 사람들의

삶을 공유 받는데, 특별한 날에는 특별한 일상을 보내는 사람들의 모습이 더 많아지게 됩니다. 이 때문에 나 자신과 다른 사람을 비교하기 쉬운 상태에 놓이게 돼요.

✦ 사실 당신은 이 불안이라는 감정을 이용하는 중입니다

왜 우리는 만성적으로 불안함을 느끼고 있는 걸까요? 우리의 삶을 과거, 현재, 미래로 나눈다면 지난 일을 못 잊고 과거에 머물게 되면 '우울함'을, 앞으로 일어날 일을 걱정하며 미래에 살게 되면 '불안'을 느끼는 것 같아요. 즉 불안은 아직 일어나지 않은 일에 대한 걱정으로 인해 생기는 감정인 듯해요.

시험 문제를 풀며 모르는 문제를 마주했을 때 느끼는 감정이 '공포'라면, 시험 전날 밤 침대에 누워서 느끼는 감정은 '불안'이라고 볼 수 있겠죠. 타인과 나를 비교할 때 불안감이 증폭되는 이유도 비슷한 맥락입니다.

사실 남들이 잘 사는 모습을 본다고 해서 나에게 직접

적으로 위협이 되진 않습니다. 다만 다른 사람들의 모습은 '남들은 다 잘 살고 있는데, 나는 그러지 못하고 있는 것 같아. 앞으로는 잘 할 수 있을까?'라는 미래지향적인 고민을 만들어주죠.

이 불안이라는 감정을 100% 없애는 일은 쉽지 않을뿐더러 불가능합니다. 하지만 컨트롤해서 내 삶에서 영향력을 줄어들게 할 순 있죠. 이를 위해 가장 먼저 이 감정을 잘 이해하는 일이 필요합니다.

자, 그러면 생각해봅시다. 우리가 굳이 내 자신과 남을 비교하며 일어나지도 않은 일에 불안감을 느끼는 이유는 뭘까요? 아무도 불안하라고 한 적 없는데, 왜 이런 비합리적인 행동을 하는 걸까요? 정말 불안이라는 감정은 아무 쓸모도 없는 소모적인 감정일까요?

사실 우리는 알게 모르게 이 불안이라는 감정을 이용하고 있답니다. 우리가 이 감정을 통해 얻고자 하는 건 크게 두 가지입니다.

첫째 불안은 우리가 어떤 일에 실패하거나 좌절했을

때, 그 상처를 감소시켜줍니다. 일어나지도 않은 미래의 일을 계속 떠올리고 '실패하면 어쩌지'라는 생각으로 시뮬레이션을 그린다면, 실제로 실패가 일어났을 때 덜 힘들어지게 되는 거죠. 그리고 우리는 실패를 위한 '보험'으로 불안을 이용해왔는지도 모릅니다.

크리스마스를 앞두고 며칠 전부터 불안함을 느꼈던 이유도 마찬가지입니다. 특별해야만 할 것 같은 이날, 나의 기대가 충족되지 않더라도 충격이나 상처를 덜 받기 위해 불안을 방어기제로 사용하고 있었던 거죠.

두 번째로 불안은 우리의 동기가 되곤 합니다. 내가 다른 사람보다 뒤쳐지고 있다는 생각이 들면, 나 자신을 채찍질해 더 열심히 살아갈 수 있도록 만들죠. 즉 우리는 이 불안이라는 감정을 앞으로 나아갈 '원동력'으로 사용하곤 합니다.

이렇게 불안은 마냥 쓸모없고 소모적인 감정만은 아닙니다. 이 사실만 알아도 불안해하는 자신을 자책하지도, 불안을 두려워하지도 않을 수 있게 됩니다. 불안을 완전히 없애려고 애쓰지 마세요. 이 감정은 우리가 인간인 이상 완벽히 없앨 수 없습니다. 지나치치 않은 적정 수준의 불안은 오히려 내 자신에게 도움이 될 수 있어요. 그러니 이 감정을 능동적으로 이용해야겠다고 생각을 바꾸면 마음이 훨씬 더 편해질 거예요.

사실 저는 어렸을 때부터 불안함을 유독 많이 느끼는 아이였어요. 그런데 이 불안이라는 감정을 컨트롤하는 방법을 익히면서 덕을 보기도 한 것 같아요. 늘 불안함을 품고 있었기에 내 자신이 크게 상처받지 않도록 언제나 조금은 준비되어 있었어요. 그래서 실제로 좌절을 겪더라도 생각보다 빠르게 회복할 수 있었죠. 또 불안을 땔감으로 이용해 무얼 하든 전반적으로 성취도가 높은 편이었어요. 우리가 항상 느낄 수밖에 없는 불안이라는 감정을 적재적소에 잘 활용해 내 자신에게 득이 되는 방향으로 가져가 보세요.

✦ 앞당겨 써보는
2032년 6월 24일의 일기

　그럼에도 불구하고 불안이 너무 높아져 긍정적인 효과보다 부정적인 효과를 훨씬 더 많이 불러일으키는 순간들이 오곤 합니다. 이럴 때 즉각적으로 불안을 해소하고 기분을 나아지게 만드는 저만의 팁이 하나 있습니다.

　불안이라는 감정에 잡아먹힐 것 같은 느낌이 들 땐 종이 한 장과 펜 하나를 꺼내보세요. 그리고 일기를 쓰듯 글을 적어보세요. 대신 오늘 있었던 일에 대한 일기가 아니라 미래에 내가 원하는 시점을 콕 집어서 그날의 일기를 써보는 겁니다. 마치 내가 바라던 것을 다 이루고 원하던 삶을 살아가고 있는 것처럼요. 실제로 그것들이 다 일어난 일인 것마냥 일기를 쓰는 거죠.

　보통 우리는 신년 계획을 세울 때 미래형으로 목표를 세우죠. 이때 이것들을 다 이룰 수 없을 것만 같은 불안한 감정이 동반되기도 해요. 현재에 살고 있는 내가 미래에 벌어질 일들을 바라보고 있기 때문이죠.

간혹 계획을 쓰는 시점에는 자신감이 넘쳐 계획에 대한 불안보다 기대의 감정이 더 큰 사람도 있겠지만, 시간이 지날수록 목표를 이루기 어려울 것 같은 기분에 기대감은 불안감으로 바뀌게 됩니다.

하지만 미래의 한 시기에 바라는 걸 모두 이룬 것처럼 글을 써내려가면, 미래에 사는 내가 미래의 계획들을 바라보는 시점이 됩니다. 즉 '미래'를 '현재'인 것처럼 끌어오는 치트키가 되는 셈이죠. 고작 종이 쪼가리에 글을 쓰는 게 무슨 의미냐 물을 수도 있겠지만, 이렇게 미래의 소망을 현재로 끌어오는 마인드 컨트롤을 한다면 놀랍게도 미래에 대한 내 불안이 확 줄어들게 될 거예요.

그리고 무슨 이유인지 모르겠지만, 이렇게 미래 시점에서 글을 쓰면 놀랍게 그 일들이 이뤄질 가능성도 더 높아지는 것 같아요. '아니, 무슨 사이비 교주 같은 소리세요?'라고 의심할 수도 있겠지만, 우리 뇌를 착각하게 만들어 성공 확률을 높이는 건 아닐까 싶어요.

어쩌면 내가 무엇인가를 이룰 수 있다고 강력하게 믿는 순간, 우리 뇌는 무의식적으로 그 목표로 나아갈 수 있도록 프로그래밍 되는 것 같아요. '상상하는 대로 이루어진다'는 말을 몸소 실천하게 되는 거죠.

그러니 요즘 부쩍 불안함이 늘었다면, 미래로 날아가 일기를 써보세요. 미래를 현재로 잠시 끌어오는 것만으로도 불안함을 내 손으로 컨트롤할 수 있게 될 테니까요.

우연은
우연히 찾아오지 않는다

       제 여동생은 저보다 12살이나 어립니다. 저는 일찌감치 성인이 되었지만, 제 동생은 아직도 학생이죠. 최근 들어 동생이 부쩍 진로와 커리어에 대한 고민을 많이 하고 있어서 저에게 종종 속마음을 털어놓곤 합니다. 본가에 갈 때마다 동생 이야기를 듣곤 하는데, 매번 혼돈의 카오스와 눈물의 바다로 이야기가 끝나 안타까운 마음이 들었어요.

     그런데 사실 이미 사회생활을 하고 있는 저도 여전히 내가 좋아하고 잘하는 게 무엇인지 끊임없이 고민합니다. 혹시 여러분도 몸담았던 일을 그만두고 새로운 일에 도전하고 싶은데, 내가 원하는 게 뭔지 잘 모르겠는 때가 있으셨나요?

✦ 우리에게 생기는 모든 일들은 다 쓸모가 있습니다

앞에서 '유튜브 크리에이터'가 된 과정이 매끄러운 것처럼 표현해서 이렇게 얘기하면 면이 안 살긴 하지만, 이 일을 업으로 삼기까지 대부분의 일들은 계획대로 흘러가지 않았어요. 제가 앞에서 말한 유튜버가 되기까지의 과정은 사실 "수정_최종_최종종_최종종종.doc" 버전이라고 해도 과언이 아닐 정도로 저는 매일같이 혼돈의 카오스를 겪었답니다.

그런데 가장 혼란스러웠던 대학생 때, 정말 큰 힘이 되어준 이야기가 있습니다. 바로 "계획된 우연 이론"이라는 것인데요, 성공한 사람의 대부분은 지금의 성공을 목표로 삼거나 계획하기보다 우연한 계기로 성공을 이루었다는 이야기입니다.

처음 이 이론을 접했을 때는 '그럼 인생은 어차피 운이라는 건가?'라는 부정적인 생각이 들었지만 살면서 여러 일을 겪으니 정말 이 이론이 맞는 것 같더라고요. 지금은 제가 마음속에 새겨두고 종종 꺼내보는 이야기 중 하나가 되었습니다.

"계획된 우연 이론"은 스탠포드대학교의 존 크럼볼츠(John D. Krumboltz) 교수에 의해 만들어진 사회 학습 이론이라고 합니다. 우리는 살아가면서 수많은 사건들과 우연을 마주합니다. 그런데 같은 사건을 겪더라도 어떤 사람은 이 일로 인해 큰 성공을 거두기도 하고 어떤 사람은 이 사건이 기회였는지도 모르고 지나치기도 해요.

즉 삶은 우연적인 사건으로 좌지우지 되는 경우가 많지만, 성공한 사람들은 이 '우연'을 포착해 '기회'로 만들 수 있는 능력이 있다는 겁니다! 그리고 정말 설레는 점은 이 이론에 의하면 내 인생의 모든 사건에는 의미가 있고, 의미 없는 사건이나 만남은 없다는 것이죠. 나에게 일어난 모든 사건은 언젠가 찾아올 기회를 포착하게 도와주는 도구이며, 이 도구를 잘 사용하는 사람이 되는 게 중요하다는 뜻이기도 합니다.

✦ 지금의 내 삶을 만들어준 수많은 우연들

한번은 제 인생에서 "계획된 우연 이론"이 얼마나 작용했는지 생각해봤어요. 초등학생 때 저희 엄마는 저에게 하루에 컴퓨터를 할 수 있는 시간을 정해주시고, 약속한 시간이 지나면 컴퓨터를 끄게 하셨어요. 저는 컴퓨터를 가지고 노는 게 너무 좋아서 약간의 거짓말과 적절한 꼼수를 써서 컴퓨터 하는 시간을 늘리곤 했습니다.

엄마는 제가 컴퓨터 게임을 하면 컴퓨터를 끄라고 했지만, 그림판을 켜서 그림을 그리는 건 뭐라고 하지 않으셨어요. 평소 그림 그리는 걸 좋아했던 저는 컴퓨터를 오래하고 싶은 마음에 초등학생이라는 어린 나이에 뜬금없이 포토샵 기술까지 연마하게 되었습니다.

이렇게 어린 나이부터 사진 편집과 디자인에 관심을 갖고 있었어요. 이후 대학생이 되어 각종 동아리 활동을 하다 보니 아마추어 수준의 제 포토샵 능력이 제법 요긴하게 쓰이더라고요. 어쩌다보니 공연 홍보 포스터나 동아리 로고 등을 등떠밀려 만들기도 했습니다.

비슷한 시점에 대학생이 돼서 술을 많이 마시니 살이 찌게 되었어요. 저는 독한 마음으로 다이어트를 하기로 결심하고 큰돈을 주고 PT를 끊었습니다. 트레이너 선생님은 매끼니 식단을 꼭 사진 찍어 보내게 하셨는데, 기왕 밥 먹을 때마다 사진 찍는 거 인스타그램에 사진을 올리다보면 의지가 불타지 않을까 싶었어요.

그래서 아무도 보지 않더라도 기록용으로 올려보자는 마음으로 새로운 계정을 만들어 사진을 올렸습니다. 그런데 사진을 올리다보니 예쁘고 보기 좋게 올려보고 싶은 마음이 생기는 게 아니겠습니까. 달리 표출할 곳 없었던 미적 감각을 뽐내고자 닭 가슴살과 샐러드를 예쁜 접시에 플레이팅 해서 사진을 찍었어요. 그렇게 아무 생각 없이 시작한 SNS 부계정은 다이어트 식품 협찬 제안이 쏟아지는 계정으로 성장하게 되었답니다.

이후 스펙을 쌓기 위해 각종 기업 대외 활동에 지원하려고 보니 생각보다 포토샵, 디자인 능력이나 SNS 경험을 우대해주는 곳들이 많았어요. 저에겐 이런 능력을 증명할 수 있는 결과물들이 충분했죠. 등 떠밀려 만들었던 포스터나 로고, 다이어트를 위해 만든 SNS 계정이었지만, 그 덕분에 지원한 대부분의 대외활동에 대부분 합격할 수 있었습니다.

저는 이렇게 SNS, 콘텐츠, 디자인 관련 대외활동 경험을 쌓을 수 있었고, 이를 기반으로 콘텐츠 에디터 직군에서 인턴 활동을 하게 되었어요. 제가 입사한 회사엔 저와 비슷한 사람들, 비슷한 관심사를 가진 사람들이 많았는데 그것 때문이었을까요? 저와 근무기간이 딱 일주일 겹쳤던, 곧 퇴사하는 인턴 중 한명이 마침 유튜브 크리에이터였습니다.

일주일에 불과한 짧은 만남이었지만 행복하게 브이로

그를 찍고 유튜브 채널을 만드는 그의 모습을 보고 큰 용기와 영감을 얻었죠. 그의 구독자는 얼마 안 되었지만 그 사람은 저에게 너무나 크고 대단해보였어요.

인턴 생활을 마친 후 저는 유튜브 채널을 찍기로 결심했는데, 우연 아닌 우연이었을까요? 저는 '커플 콘텐츠'를 찍기로 결심했는데 제가 근무했던 회사가 커플을 위한 콘텐츠를 제작하는 회사였죠. 그래서 인턴 생활의 경험이 큰 도움이 되었어요.

유튜브를 시작한 초창기에는 수익이 없어서 힘들었어요. 유튜브 채널 운영, 아르바이트, 학업까지 하기엔 몸이 10개라도 모자랄 것 같아 전전긍긍했어요. 그런데 우연한 계기로 국가에서 운영하는 초보 유튜브 크리에이터 지원 사업 모집 공고를 보게 되었습니다. 그렇게 우연한 기회로 신청했을 뿐인데 사업에 지원 대상으로 선정돼 1,000만원이라는 큰 지원금을 받게 됐죠.

이 지원 사업에 선정된 이상 특정 기간 내 최소 몇 편의 영상을 무조건 올려야만 했는데, 큰 반응이 없던 유튜브에 대한 열정이 시들어지려는 그 시기에 반강제적(?)으로 지원금을 들인 꽤 괜찮은 퀄리티의 영상을 꾸준히 업로드하게 되었어요.

이 모든 우연들이 맞물렸기 때문일까요? 지원 사업 기간 내에 유튜브 채널은 그야말로 '떡상'하게 되었습니다. 단 일 주일 만에 10만 구독자가 넘었고, 지원 사업이 끝난 후에는 유튜브 자체 수익만으로도 활동을 이어나갈 수 있게 되었죠.

✦ 보이는 만큼 빛나는 우연의 가치

제 인생이야 말로 "계획된 우연 이론"의 표본이 아닐 까요? 재미있는 점은 이 과정의 전반부에 저는 "계획된 우연 이론"의 존재를 알지 못하고 살았지만, 후반부에는 알 게 되면서 제 자세가 달라졌다는 점입니다. 이 이론을 알 게 된 후부터 저는 우연하게 얻은 기회 하나하나를 더 가 치 있게 활용하려고 더 의식적으로 행동했던 것 같아요.

그래서 그런지 후반부로 흘러갈수록 더 우연히 나타난 기회를 더 자주, 딱 맞아떨어지게 낚아챌 수 있었던 것 같아요. 어쩌면 이 과정의 전반부에서도 기회가 자주 있었을지도 몰라요. 다만 제가 그 기회를 놓쳤던 거겠죠.

우연한 일들을 내 인생을 바꿀 기회로 만들 수 있다는 것을 안다는 것만으로도 우리는 달라질 수 있어요. 그러니 우리 모두 '계획된 우연'을 더 잘 포착할 수 있도록 준비해보면 어떨까요?

다음은 크럼볼츠 교수가 말하는 계획된 우연을 포착하기 위한 5가지 기술이에요.

① 호기심 : 호기심을 통해 새로운 것을 배울 기회를 만든다.
② 인내심 : 실패하더라도 꾸준히 노력한다.
③ 융통성 : 모든 상황이 모 아니면 도처럼 딱 떨어지지 않을 수 있다는 점을 인지하고, 태도나 상황을 고집하지 않도록 노력한다.
④ 낙관성 : 새로운 기회는 시작하고 달성할 수 있는 것으로 생각한다.

⑤ 위험 감수 : 결과가 어떻게 될지 몰라 두렵더라도, 모
험적 태도로 도전한다.

인간은 평생
외로울 수밖에 없다

11시 59분. 1분만 지나면 1년 중 가장 특별한 날인 당신의 생일입니다. 무심한 척하려고 하지만 3~4초에 한 번씩, 시선은 계속 시계로 향합니다. 드디어 12시! 당신의 생일입니다. 그러나 휴대전화는 놀라울 만큼 고요합니다. 아무에게도 연락이 오지 않습니다. 혹시 데이터가 안 터지는 걸까? 메신저에 오류가 생겼나? 나도 모르게 휴대전화를 만지작거려봅니다. 그때 평소 그리 친하지 않았던 애매한 지인에게 메시지가 옵니다. "생일 축하해"라고. 당신은 축하를 받아 기쁜 마음보다 누군가에게 연락이 왔다는 사실에 안도감을 느끼며 잠자리에 듭니다.

다음 날 일하는 중간마다 몇 명의 지인에게 연락이 오는지 의식하며 휴대전화를 만지작거립니다. 내가 주인공인 생일은 더 이상 즐겁지 않습니다. 오히려 사무치는 외로움에 서럽기까지 합니다.

생일만 되면 이상한 불안함에 사로잡혔던 경험 혹시 있으신가요? 생일을 앞두고 행복하기보다 복잡한 감정을 느끼는 사람들이 생각보다 많다고 합니다.

제가 외국에서 중학교를 다닐 당시 친구들은 모두 페이스북을 사용했어요. 페이스북에선 서로의 타임라인에 글을 남길 수 있었는데, 모두에게 공개되어 있어 누구나 내 타임라인의 글을 볼 수 있었죠.

당시 생일이 되면 생일인 사람의 타임라인에 친구들이 축하 글을 남기는 일이 많았는데, 이런 전통(?)은 의도치 않게 엄청난 부담감을 주곤 했어요. 내가 몇 명에게 축하를 받았는지, 즉 친구가 얼마나 많고 적은지 인기를 보여주는 공간이었던 거죠. 한참 사춘기를 겪고 있는 예민한 중학생이었던 저에게 그 공간은 마치 '공개 처형'처럼 느껴지곤 했어요.

어느덧 생일은 마냥 즐거운 날이 아니라 나의 인기와 인맥을 가시적인 증표로 나타내는 사회적 행사와 같은 날이 되었습니다. 생일 축하 글이 몇 개 없는 내 초라한 타임라인이 부끄러워 생일 축하 메시지를 받기 위해 평소에도 인맥을 관리하며 아등바등 지냈던 것 같아요.

✦ 인간은 모두 외로움을 느끼지만 그 농도는 다릅니다

하지만 생일날 많은 사람에게 축하받고 싶었던 마음이 '친구가 많고 인기 있는 사람이 되고 싶어서'만은 아니었던 것 같아요. 혼자가 되고 싶지 않았던 마음이 컸고, 가장 특별한 날인 생일에 외로움을 느끼게 되지 않을까 하는 두려움이 바탕으로 깔려 있었어요.

차라리 '나는 우리 학교에서 가장 인기 많은 사람이 될 거야!'라는 원대한 포부로 생일 축하를 받고 싶었다면 슬프지는 않았을 텐데 말이죠. 앞에서 말한 '특정일 공포증'처럼 사실 우리는 늘 사람들에게 사랑받고 싶어하고, 사랑받지 못하고 외로워질까 불안해요. 다만 생일에 이 마음이 더욱 부각될 뿐이죠.

하지만 우리 인생에서 불안함을 완전히 제거할 수 없듯, 외로움도 평생 우리를 꼬리표처럼 따라다닙니다. 인간이라면 외로움을 느끼며 살아갈 수밖에 없죠. 단언컨대 살면서 외로움이라는 감정을 느껴본 적 없는 사람은 존재하지 않을 거예요.

외로움이란 감정은 무엇일까요? 외로움은 지극히 주관적이고 개인적인 감정이에요. 누군가는 수많은 친구들 사이에 둘러싸여 있어도 외로움을 느끼고 누군가는 홀로 대부분의 시간을 보내도 쓸쓸하지 않을 수 있죠.

따지고 보면 현대를 사는 우리들은 그 어느 때보다 타인과 촘촘하게 연결된 사회에 살고 있어요. 그럼에도 불구하고 사람들은 더 깊은 외로움을 느끼며 시들어가죠. 저

또한 페이스북이라는 SNS 때문에 외로움이라는 감정을 느꼈던 것처럼 말이죠.

그만큼 외로움이라는 감정은 특정 '환경'으로 결정된다기보다 개인의 특성에 따라 발생하는 경우가 많아요. 개개인마다 상황을 다르게 해석하고 받아들이기에 외로움이 언제 어디서 누구에게 발생할지는 몰라요. 외로움은 그만큼 요상한 녀석이랍니다.

✦ 외로움을 부끄러워하지 않을 용기

아시다시피 저는 대문자 'T형' 인간이기 때문에 어려움을 직면했을 때 '왜 이런 어려움이 생기는 거지?'라는 질문을 던지고 그 답을 찾곤 합니다. 한마디로 나를 납득할 만한 논리적인 설명이 있는지 찾는 거죠.

한때 외로움이라는 감정으로 힘들었을 때 이 감정을 납득 가능하게 도와준 이야기가 있는데요. 외로움을 이해하기 좋은 내용이라 공유해볼게요.

인간이 외로움을 느낄 수밖에 없는 아주 과학적인 이유가 있습니다. 배가 고프면 음식을 먹고 싶은 욕구가 생기듯 인간은 외로움을 느끼면 이를 해결하고자 하는 사회적 욕구를 느낍니다. 이 사회적 욕구가 생긴 출발점은 아주 먼 옛날로 거슬러 올라갑니다.

인간은 뭉치면 살고 흩어지면 죽을 수밖에 없는 수렵, 채집 사회에 살았어요. 이 시기에는 사방에 위험이 도사리고 있었습니다. 따라서 많은 사람이 힘을 합쳐 사냥을 하고 먹을 만한 게 있는지 함께 찾아야 했죠. 때문에 우리는 생물학적으로 무리 속에서 살아가고자 하는 욕구를 갖게 된 것입니다.

그러나 현대에 이르러 우리는 무리 속에서 살지 않아도 생존할 수 있게 되었습니다. 더는 많은 인간이 함께 모여 살지 않게 되었죠. 때문에 인간은 평생 외로움을 느낄 수밖에 없게 되었습니다. 즉 외로움은 우리 개개인의 생존과 직결된 아주 중요한 욕구인 것입니다.

외로움이란 감정이 왜 생기는지 이해한다고 해서 나의

외로움이 사라지진 않겠지만, 외로움이란 감정이 부끄럽거나 숨겨야 하는 것은 아니라는 것을 알게 되었을 거예요. 누구나 겪고 있는 정이며, 나 혼자만 느끼는 게 아니라는 사실을 깨닫는 게 중요합니다.

이 외로움이란 감정에 지나치게 사로잡혀 있으면, 타인과 관계를 만들어갈 때 상대방의 마음이나 행동을 왜곡해서 바라보게 돼요. 상대방의 의미 없는 표정에 '혹시 내가 싫은가?'라고 착각하고 악의 없는 한마디에 '나를 별로 안 좋아하는 게 틀림없어'라고 확대 해석하기도 하죠.

친구가 일이 너무 바빠 나에게 생일 축하 메시지 보내는 일을 깜빡했을 뿐인데, '저번에 그 일 때문에 나한테 마음 상한 게 분명해. 나랑 더 이상 연락하고 싶지 않은 거야'라고 착각하기도 합니다. 그렇게 사람들을 멀리하고 내 자신을 고립시키다 보면 외로움의 감정은 더 커져가는 상황이 반복될 거예요.

따라서 외로움이라는 감정이 당연한 것이라는 걸 이해하는 것만으로 상황은 훨씬 나아질 수 있습니다. 혹시 최근 일부러 친구들의 연락을 안 받지 않았나요? 혹은 지인과의 모임이나 새로운 만남의 기회를 피하지는 않았나요?

오늘은 오랜만에 한동안 뜸했던 친구에게 한번 연락해 보세요. 아니면 새로운 사람을 만날 수 있는 자리에 나가 봐도 좋고요.

외로움을 느끼는 자신을 인정하고, 사람들 속으로 한 발 내딛는다면 삶이 조금은 따듯해지지 않을까요?

4장

그럼에도 불구하고
사랑에 주저하지 않기를

'엄마는 너가 이 모든 일을 겪고도

여전히 사랑할 줄 아는 사람이라 너무 다행이야.'

사랑의 쓴맛을 보고도 여전히 사랑을 할 줄 아는 사람이라는 거.

꽤 나쁘지 않게 들리더라고요.

어차피 사람들과
함께해야 한다면

매년 방학의 끝자락이 다가올 때마다 저는 배가 뒤틀리는 듯한 불편한 기분을 느끼곤 했습니다. 학교가 가기 싫거나, 공부가 하기 싫어서는 아니었어요. 사람들과 관계를 맺고 교류해야 한다는 게 상상만 해도 스트레스 받아서 몸이 반응했던 거였습니다.

남들이 보기에 저는 꽤나 외향적인 아이었고, 다른 사람들과 트러블 없이 잘 지냈기 때문에 아무도 제가 이런 고민을 한다는 걸 몰랐을 겁니다. 하지만 저는 방학 동안에는 거의 집 밖으로 나가지 않았습니다. 아주 가끔 만나고 싶은 사람만 간간히 만나는 게 전부였죠.

누군가 저를 따돌리거나 친구가 없어서가 아니라 그저 혼자만의 시간을 보내는 게 너무 행복했어요. 그래서 방학이 끝날 즈음이면 몸이 아프고 우울할 정도였죠. 방에서 혼자 눈물을 훔친 적도 여러 번이었어요.

✸ 사람들을 사귀는 건 무섭지만 무리에는 끼고 싶어요

사람들과 어울리고 친하게 지내는 것 자체가 싫은 건 아니었어요. 오히려 그들 사이에 어울리지 못할까 두려웠어요. 나만 도태되고 소외되는 느낌이 싫었던 거죠. 친구들과의 약속에 어쩌다 한 번 못 나가기라도 하면 머릿속에서 목소리가 들렸어요.

나만 빼고 친구들이 더 가까워졌으면 어쩌지?

나만 대화에 끼지 못하면 어쩌지?

나만 공감 못 하면?

… 결국 나만 버려지면 어떻게 하지?

저는 이 감정들이 너무 두려워서 굳이 원치 않는 자리에도 나가고 가깝게 지내고 싶지 않은 친구들과도 친분을 유지했어요. 저에게 '친구를 사귄다는 것'은 곧 '하기 싫어도 억지로 해야만 하는 것'이 되었죠.

다른 사람들과 교류하고 싶지 않다면 그냥 혼자 지내면 될 일인데. 왜 저는 배가 뒤틀리는 기분까지 느끼면서 타인과의 관계를 놓지 않으려고 했을까요? 왜 원치 않은 일을 계속 노력했을까요?

그건 바로 타인과 교류하고 특정 무리에 속해 있는 것이 내 자신에게도 이득이기 때문입니다. '무리에 속해 있는 게 나에게 유리해!'라고 의식하며 친구를 사귀는 건 아니지만, 우리 모두 원초적인 본능으로 무리에 속하려고 해요. 이 본능에 대해선 이미 앞에서 말씀드렸어요.

그리고 이 욕구는 실제로 학교생활에 큰 도움을 줍니다. 누군가 나에게 싸움을 걸어올 때 소속된 무리가 있다면 내 뒤를 봐줄 수도 있고, 숙제를 깜빡하고 못 해갔을 때는 숙제를 보여줄 친구가 있어 위기를 모면하죠. 즉 우리는 나 자신을 위해서라도 반드시 타인과 교류해야 하는 사회에 살고 있습니다.

☀ 삶은 나와 딱 맞는 사람을 찾아 떠나는 여행입니다

그렇다면 저는 친구들을 사귈 때 '필요에 의해서' 사귀었을까요? 아니면 친구가 '좋고 함께하고 싶어서' 사귀었을까요? 답은 '둘 다 아니다'입니다. 친구 뿐 아니에요. 모든 관계는 이분법적으로 나눌 수 없습니다. 100% 필요에 의해 만나는 사람도, 100% 순수하게 좋아서 만나는 사람도 없어요.

모든 관계는 대게 이 중간 어디쯤에 있을 거예요. 하지만 간혹 이 스펙트럼에서 '필요해서' 쪽보다 '좋아해서' 쪽에 더 많이 치우친 사람들이 나타납니다. 후자의 경우가 나에게 진정한 친구가 되어줄 사람들인 거죠!

고등학생이 되기 전까지 저는 친구를 사귀는 것에 큰 스트레스를 받았어요. 앞에서 말했듯 소외되고, 도태되는 것이 무서워 원치 않으면서도 무리에 끼려고 발을 동동 굴렀죠.

그런데 고등학생이 되고 공부에 집중하기로 마음을 먹고 나니 상황이 달라졌어요. 대입이라는 커다란 목표 앞에 시간은 늘 부족했습니다. 더는 예전처럼 친구 관계에 집착하거나 남에게 잘 보이기 위해 한없이 맞춰줄 여유가 없어졌습니다.

그런데 역설적이게도 남들에게 잘 보이려고 신경 쓰지 않게 되자 진정한 친구들을 사귈 수 있게 됐어요. 나의 진짜 모습을 좋아하고 이해해주는 친구들만 내 곁에 남게 된 거죠. 저는 그렇게 '필요해서'보다 '좋아해서'의 마음이 치우친 소중한 사람들을 만나게 되었습니다.

이제 두려운 마음에 어쩔 수 없이 사람을 만나는 것이 아닌 정말 즐거워서 만나게 되었죠. 그리고 이 소수의 안정된 관계는 지금도 제 삶에 막대한 영향을 끼치고 있습니다. 제가 살아가면서 이 친구들을 만나지 않았다면 전혀 다른 사람이 됐을 거라고 확신할 정도로 여전히 가까운 친구로 지내고 있습니다.

제가 하고 싶은 이야기는 너무 애쓰고 노력하지 않아도 언젠가 나에게 딱 맞는 사람이 분명 나타날 거라는 말이에요. 물론 성격도 살아온 환경도 모든 게 다 다른 누군가와 만나 쿵짝이 잘 맞는 친구가 된다는 건 어려우면서 동시에 신기한 일입니다.

과장이 아니라 수십억 인구가 사는 지구에서 한 명을 딱 골라서 "그래. 아무래도 네가 내 마음에 쏙 드는구나" 하고 갑자기 그 사람이랑 같이 다니면서 이것저것 하는 것과 다름없잖아요?

그렇기 때문에 너무 애쓰지는 않되 나와 잘 맞는 누군가와 만날 수 있는 기회는 남겨두세요. 예상치 못한 곳에서 맞는 사람을 만날지도 모르니 어느 정도 열린 마음을 갖고 다른 사람들과 어울려볼 필요도 있습니다.

방에 혼자 틀어박혀서 아무도 만나지 않는다면, 내 사람을 만날 수 있는 기회조차 오지 않을 건 분명하니까요! 그러니 어차피 사람들과 함께해야 한다면 너무 고통스러워하지 말고 '혹시 오늘이 나와 딱 맞는 누군가를 찾는 그날인가?' 하는 마음으로 기대해보는 건 어떨까요?

타임머신이 있다면
타시겠습니까?

        인생 최저점을 찍고 침대에 누워 매일 밤낮없이 생각했습니다.

    시간을 되돌릴 수만 있다면….

    살면서 그때처럼 타임머신의 존재를 간절하게 바란 적이 없었습니다. '딱 30일, 아니 3일 전으로라도 시간을 돌릴 수만 있다면 더 나은 선택을 해 이 폭풍을 막을 수 있었을 텐데'라고 확신했죠. 과거로 돌아가 모두 없었던 일로 무르고 싶은 간절함뿐이었습니다.

만약 누군가 나타나 "시간을 다시 돌려줄게. 대신 너에게 소중한 무언가를 잃게 될 거야. 그래도 돌아갈래?"라는 유치한 질문을 던졌다면 뭘 잃게 될지도 모른 채 무조건 시간을 되돌려달라고 했을 겁니다. 살면서 크고 작은 후회를 계속할 수밖에 없겠지만, 그 시기 저는 아주 거대한 후회에 빠져 있었습니다.

✸ 수많은 선택들이 뭉쳐져 완성된 지금의 나 자신

그 일을 겪은 지 1년 정도가 지난 지금 저는 더 이상 시간을 돌리고 싶지 않아졌습니다. 문제가 완벽하게 잘 해결돼서 그런 거 아니냐고요? 절대 아닙니다. 아직도 그 일 때문에 매일 같이 크고 작은 불편함을 겪고 있으니까요. 객관적으로 따져보았을 때 지금 내 주변의 '다른 모든 조건이 동일하다면' 그 일은 그냥 일어나지 않는 게 더 좋았을 겁니다.

하지만 그게 바로 맹점입니다. '다른 모든 조건이 동일하다면'. 시간을 되돌린다면 다른 모든 조건들이 절대 동일하게 유지될 수 없을 겁니다.

과거로 돌아가 이전과는 다른 선택을 하고 새로운 서사를 써내려가는 순간, '지금의 나 자신'이 아닌 '다른 버전의 나 자신'이 만들어질 테니까요. 한두 번이면 모를까 이런 타임을 몇 번 반복한다면 나는 전혀 다른 사람이 되겠죠.

우리는 일상 속에서 매일 크고 작은 선택을 하며 그 선택에 대한 대가를 치르며 살고 있습니다. 동시에 선택이 낳은 결과에서 깨달음과 인사이트를 얻기도 하죠. 만약 오늘의 삶이 너무 고통스럽다면, 원인은 분명 과거의 선택 때문일 겁니다.

하지만 절대 오해하지 않으셨으면 좋겠어요! 내가 고통 받는 이유는 오로지 지금의 '나 자신' 때문만이 아닙니다. 자책하지 마세요. 지금의 나는 수백, 수천 개의 선택을

거쳐 만들어진 사람이고, 지금의 고통 역시 연쇄적인 선택들이 낳은 결과입니다. 즉 특정 순간의 선택 하나가 지금의 결과를 낳은 것이 아니며 그간의 선택들에는 상황적인 이유가 있었을 거예요.

✽ 6살 인생 최대의 고비
그리고 얻은 깨달음

어릴 때 저는 꽤나 소심하고 엄마 말도 잘 듣는 아이였습니다. 유치원에 등원한 어느 날 갑자기 친구의 구슬을 훔치고 싶어졌습니다. 남의 물건을 함부로 만지면 안 된단 걸 알고 있었지만, 친구 구슬을 딱 한 개만 가져가기로 마음먹었죠. '어차피 친구는 구슬 한 통을 가득 가지고 있으니 하나쯤은 없어져도 모르겠지?' 하는 생각으로요.

그런데 친구의 구슬을 하나 꺼내려는 순간 선생님이 저를 부르신 거 있죠. 구슬을 훔치다 걸릴까봐 두려워 순간적으로 구슬을 사탕인 척 입에 넣어버렸습니다. 그런데 입에 넣고만 있으려던 구슬을 삼켜버리고 말았어요. 6살 인생 중 가장 큰 위기에 맞닥뜨렸습니다.

어린 마음에 저는 구슬을 삼키면 분명 죽게 될 거라고 확신했어요. 우습게 들리실지 모르겠지만, 저는 집에 가서도 엄마에게 알릴 용기가 없어 침대에 누워 겸허히(?) 죽음을 받아들이려고 했습니다.

머릿속엔 '시간을 돌려 구슬을 삼키기 전으로 돌아갈 수만 있다면…'이라는 생각뿐이었죠. 시간을 돌릴 수만 있다면 그 어떤 것이라도 내놓을 수 있을 것 같았어요(그때는 정말로 목숨을 담보로 하고 있다고 생각했으니까요!).

그렇게 하루 이틀이 지났는데 이상하게(?) 저는 아직도 살아 숨 쉬고 있었습니다. 도대체 어떻게 된 영문인지 알 수 없었지만, 그렇게 하루하루 살다 보니 구슬을 삼키면 반드시 죽게 될 거라는 공포가 점점 옅어졌죠.

물론 어린 마음 한편에는 구슬이 내 몸 속에서 썩고 있을 것 같은 작은 불안이 자리 잡고 있었습니다. 12살쯤에 자연스럽게 '아, 그 구슬은 자연스럽게 똥으로 나왔겠구나'라고 깨달을 때까지요. 12살 이후에 누군가 저에게 "구슬을 삼키기 전으로 돌아갈래?"라고 묻는다면 전 돌아가지 않겠다고 답했을 거예요.

왜냐면 그 구슬 덕분에 '양심'은 저에게 아주 중요한 덕목이 되었거든요. '양심에 어긋나는 일을 하면 큰 대가를 치러야 한다'는 사실을 뼈저리게 느낀 값진 경험이었으니까요.

17살에 이 사건을 다시 되돌아봤을 땐 또 다른 깨달음을 얻기도 했어요. '문제가 생기면 끙끙 앓지 말고 부모님께 말을 하거나 도움을 구해야 한다'는 거였죠.

6살 아이의 몸에서 구슬은 자연스럽게 배출되었지만, 구슬이 아닌 다른 물건이었다면 병원에 가서 제거해야 하는 위험한 상황이었을 거예요. 그러니 제 마음대로 판단을 내리기 전에 문제가 생기면 부모님께 이야기해야 한다고 생각하게 됐죠.

즉 '어떤 일을 겪었는가', '어떤 선택을 했는가'보다 '어떤 깨달음을 얻었는가'가 더욱 중요한 포인트인 것 같아요. 이 인사이트는 나의 다음 선택과 행동, 나아가 내 인생 전체에 작용되기 마련이니까요. 같은 상황을 마주하고, 같은 선택을 내려서 동일한 시련을 겪어도 사람마다 얻는 깨달음은 다릅니다. 이 깨달음으로 인간은 각자 다른 선택을 하게 되죠.

만약 제가 '구슬을 삼켜도 아무 일도 일어나지 않는다'는 사실을 더 크게 생각했다면 반대로 '나쁜 짓을 해도 안 걸리면 그만이다'라는 깨달음을 얻고 살아갔을 수도 있어요. 그렇다면 오늘날의 제 자신이 아닌 다른 사람이 됐겠죠. 다행히 그 당시의 저는 착한 아이가 되고 싶었던 것 같지만요.

똑같은 상황에도 다른 깨달음을 얻는 것처럼, 힘겨운 상황에서도 이 상황을 다시 좋은 쪽으로 바꿀 수 있는 힘은 오로지 나에게 달려 있다는 뜻입니다.

인생의 최저점을 찍은 당시, 저는 시간을 돌려서라도 이 시련이 일어나지 않도록 막고 싶었어요. 하지만 1년이 지난 지금, '나 자신'을 진심으로 아끼고 사랑할 수 있게 되었죠. 오히려 시간을 돌려 작은 변화라도 생긴다면 지금의 내 모습이 달라질 것 같아 걱정입니다. 시간을 뒤로 되돌릴 자신이 없어졌어요.

혹시 인생에서 힘든 시기를 지나고 계신가요? 그렇다면 순간이 있기에 미래에 멋지게 빛날 '나'라는 사람이 생긴다는 점을 잊지 않으시길 바랄게요.

아등바등하지 않더라도
내 사람 내 곁에

한때 저는 많은 친구를 사귀는 게 곧 많은 사람들에게 인정받을 수 있는 방법이라고 생각했습니다. 그러다보면 사랑받을 수 있고, 저도 행복해질 거라고 믿었어요. 소위 말하는 '인싸'가 되고 싶었고, 인맥 넓은 친구들이 가지고 있는 묘한 권력이 부럽기도 했어요.

그래서 많은 친구를 사귀려고 애쓰며, 그들과의 관계를 유지하려고 혼신의 힘을 다했죠. 진짜 나의 모습이 아니라 '다른 사람들이 바라는 나의 모습'이 무엇인지 고민했고, 그 모습대로 되려고 노력했죠. 남에게 '필요한' 사람이 되려고 노력했어요.

　이런 노력으로 많은 친구들을 사귀게 되었지만, 정작 도움이 필요한 순간 이들은 아무도 내 곁을 지켜주지 않았습니다. 친구들을 위해 모든 노력을 다 쏟아부었지만 부질없음을 느꼈던 쓰라린 경험도 하게 됐죠.

　저는 초등학교, 중학교, 고등학교 때 전학을 많이 다녔는데, 그만큼 많은 만남과 이별을 겪기도 했어요. 지금 돌이켜 생각해도 가장 슬펐던 순간 중 하나를 꼽자면 고등학교 1학년 때였습니다.

　두바이에서 학교를 다니다 갑자기 한국으로 돌아오게 됐는데, 따로 송별회를 못 하고 친구들과 헤어지게 되었어요. 제가 다니던 학교는 여러 나라에서 모인 친구들이 많았기 때문에 방학이 시작함과 동시에 본국으로 돌아가거나 해외여행을 떠나는 경우가 많았죠. 이 상황을 머리로는 이해하고 있었지만 다들 자기 살기 바빠 한국으로 돌아가는 제 생각을 전혀 안 하는 것 같다는 느낌을 떨칠 수가 없었습니다.

물론 정말 친하게 지냈던 몇몇 친구들은 개인적으로 연락해 아쉬운 마음을 전했지만, 대부분의 친구들은 제가 떠나든 말든 크게 신경 쓰지 않았어요. 앞으로 다시는 안 볼 사람이니 굳이 마음 쓰지 않았다는 사실을 깨닫고는 정말 많이 속상했어요. 정말 친하게 지냈는데 잘 지내라는 말 한마디 없는 친구들이 있었거든요.

✷ 사랑받으려고
애쓰지 않기를

이 모든 과정을 겪고 나니 저는 넓은 얕고 인간 관계보다 좁고 깊은 인간 관계에서 행복과 안정을 느낀다는 사실을 깨닫게 되었습니다. 얕은 관계에서 오는 허무함과 불안정함을 견딜 수 없었거든요.

남들에게 가치를 제공하는 '필요한' 사람이 되는 것도 중요합니다. 하지만 내 모습을 그대로 좋아해주는 사람, '너의 이런 부분을 좋아해'라고 진심을 말해주는 사람과의 안정된 관계로부터 제 자신감이 나온다는 것을 알게 되었어요.

대학교 진학 전, 저는 '대학 친구들은 진정한 친구가 아니다'는 편견을 품에 안고 경계하며 친구들을 사귀었어요. 더는 상처받고 싶지 않은 마음에서 비롯한 방어적인 행동이었을지도 모르겠네요. 이유야 어찌되었든 가벼운 마음을 가지고 친구들을 사귀었는데 그 친구들 중 지금까지 인연을 이어오고 있는 친구들도 만나게 되었죠.

대학 생활 내내 저를 포함해 3명이 아주 친한 사이로 지냈는데, 재미있는 사실은 경제학과라는 전공은 같지만 잘하는 것도, 관심 분야도, 희망 진로도 모두 다르다는 것입니다. 저는 대학교 재학 때부터 친구들과 다른 길을 걸으며 평범한 삶과는 동떨어진 '엔터테이너'의 길을 걸었습니다. 다른 친구는 경제학도다운 길을 걸으며 경력을 쌓고 있어요. 또 다른 친구는 경제학과에서 샛길로 빠져나와 외교관이 되려고 열심히 공부하고 있고요.

이렇게 관심사와 진로가 모두 다르기 때문에 저의 능력인 '콘텐츠를 잘 만드는 것'과 '대중에게 어필하는 것' 등은 제 친구들에게 전혀 도움이 되지 않았어요. 또 그들에게 필요한 인맥이 되어줄 사람도 몰랐죠. 100만 명의 구독자를 가진 유튜버가 돼도 친구들이 제 덕을 볼 일은 하나도 없었어요.

그렇게 저는 친구들에게 '꼭 필요한 사람'은 아니지만 친구들은 늘 제가 가진 능력을 칭찬해줍니다. 친구들은 제가 이런 능력을 가진 사람이어서 너무 멋지다는 말을 아끼지 않고 해줘요. 또 제 일도 진심으로 기뻐해준답니다. 누가 뭐라고 해도 나를 아껴주는 아군들인 셈이죠.

한 명이라도 무조건 내 편이 되어줄 진정한 친구가 있다는 든든한 믿음. 그 믿음이 늘 바탕에 깔려 있기 때문에 다른 사람과 관계를 맺을 때에도 상대방에게 집착을 한다거나 가짜 모습으로 환심을 사려고 아등바등 하지 않게 되었어요.

언제나 돌아갈 수 있는 작은 원, 즉 '내 본진'이 있다는 걸 아니까 작은 원 밖으로 나아가 다른 대인 관계를 맺어갈 때도 큰 두려움 없이 내 진짜 모습으로 타인을 대할 수 있게 되었죠. 여차하면 언제든지 내 본진으로 돌아갈 수 있으니까요!

요즘도 이 친구들과 카카오톡으로 수다를 떠는데요. 마치 하교 후 엄마에게 학교에서 있었던 일을 얘기하려고 달려오는 아이처럼 무슨 일만 생기면 곧바로 카카오톡 방으로 모여요. 저희는 각자 다른 분야로 진출해 전혀 다른 색의 삶을 살고 있지만 다르기 때문에 할 이야기도 많거든요.

오늘 새로 만난 사람은 이랬다, 지난번에 만났던 그 애가 저랬다 하면서 '본진'에서 새로 만난 사람들에 대한 이야기를 하곤 해요. 그러다보면 새로운 누군가가 내 작은 원으로 들어오기도 하고요. (물론 이 본진 친구들의 면밀한 검토와 레벨테스트(?)를 통과한 후에나 가능한 일이지만요!)

살다 보면 몇 십 년을 알고 지낸 친구들과 자연스럽게 멀어지기도 하고, 가볍고 짧게 만나기로 결심했던 사람과 인연을 오래 이어나가게 되기도 하는 것 같아요. 어떻게 될지 모르는 삶이기에 어느 날 애쓰지 않아도 사랑을 주고받을 수 있는 소중한 인연들이 생길 수도 있답니다!

✳ 작은 원의 중심을
   지키는 '나'

이렇게 무슨 일이 있더라도 내 편이 되어줄 친구들이 있다는 건 정말 큰 행운입니다. 하지만 이 관계를 잘 맺기 위해선 중요한 선행 요소가 있습니다. 바로 '나 자신'에 대해 잘 이해하는 겁니다. 내가 뭘 좋아하는지, 뭘 견딜 수 없어 하는지, 어떤 가치를 중요하게 생각하는 사람인지 알아야 해요.

나 자신에 대한 이해도가 높아질수록 나에게 잘 맞는 누군가를 더 빨리 알아볼 수 있죠. 그러면 그 누군가가 나타나는 순간 그 사람을 한방에 낚아챌 수 있게 됩니다.

누구나 자신의 타고난 성향, 본래의 모습이 있을 거 아니에요? 그 모습을 숨기고 내가 아닌 사람으로 살아가는 건 한계가 있어요. 그러다보면 간혹 나 자신마저 속이며 살아가게 되어 많은 것들을 놓치기도 합니다.

예를 들어 나는 본디 차분하고 침착한 사람인데, 자신을 에너지가 넘치고 활기찬 사람으로 속이며 살아간다고 가정해볼게요. 그러면 자연스럽게 활달한 사람들과 가까이 지낼 것이고, 친하게 지내지만 그들과 묘하게 어긋나는 상황이 반복될 거예요. 동시에 내 본모습과 아주 잘 맞을 차분한 사람들은 놓치며 살게 되겠죠.

그만큼 내가 뭘 좋아하고, 잘하는 사람인지 깨닫는 것이 중요합니다. 그리고 이것들을 깨달을, 그러니까 나 자신과 친해질 충분한 시간이 필요하죠.

그리고 내 진짜 모습을 마주하는 데 가장 도움이 되는 것 중 하나는 바로 '연애'예요. 애인은 '기간제 베프'라고 불리기도 하는 만큼 높은 확률로 헤어지게 됩니다.

어차피 끝날 관계인데 무엇 때문에 최선을 다해 사랑하고, 이별해 아픔을 겪어야 하나 싶을 수도 있지만, 연애하는 기간 동안 나도 잘 몰랐던 나의 진짜 모습을 적나라하게 마주할 수 있답니다. 연애 횟수, 연애 기간이 늘어날수록 내 자신에 대한 이해도도 점점 높아진다는 걸 느낄 수 있을 거예요. 그리고 내 연인 역시 무슨 일이 있더라도 내편이 돼줄 사람이 될지도 모르고요.

그러니 나만의 작은 원 안에 함께할 사람을 계속 찾아

봅시다. 내 진짜 모습을 사랑해줄 든든한 사람들이 있다는 것만으로도 내 삶 자체가 달라질 수 있거든요.

아, 그리고 가장 중요한 포인트가 있어요. 내 작은 원에 사람이 한 명도 없더라도 괜찮아요. 이미 원 안을 지키고 있으며, 언제나 함께인 1번 친구는 바로 '나 자신'이니까요. 이 사실을 잊지 마세요!

혹여나 내 원 안에 있는 사람이 떠나게 되더라도 나 자신이 중심을 잘 지키고 있으면 언제든 새로운 원을 다시 만들어나갈 수 있답니다.

아프고 아파도
사랑을 선택하는 이유

　　　　　놀랍게도 8년 연애의 끝은 결혼이 아니라 이별이었습니다. 대학생 때부터 한 사람과 무려 8년을 만났으니 정말 20대를 다 바친 연애였다고 해도 과언이 아니네요.

　그렇게 빛나는 시기를 함께한 가장 중요했던 사람과 남이 되는 과정은 정말 아팠습니다. 가끔은 '내 마음이 이렇게 큰 고통을 견딜 수 있을까?'라는 생각이 들 정도로 힘들고 괴로웠어요.

그런데 가장 무서웠던 건 그 어마어마한 고통도 계속되다보니 무뎌졌다는 거예요. '내 마음이 이제 좀 괜찮아졌나' 하며 숨 좀 돌릴 때쯤 그 사람과는 이미 남이 되어 있었습니다. 허무하기도 하고, 후련하기도 했어요. '사랑이란 무엇일까?' 같은 원초적인 질문이 매일 머릿속을 헤집어놓기도 했습니다.

✳ 사랑, 그 끔찍한
허무함에 관하여

누군가와 8년을 사귀었다고 하면 동정부터 하는 사람들이 있습니다. 결국 이어지지도 않을 상대와 함께하느라 가장 빛나는 20대를 다 낭비했다며 혀를 끌끌 차는 사람도 있고, 이제 무서워서 다른 사람은 어떻게 만날 거냐며 걱정해주는 사람도 있습니다.

한동안은 저도 제 자신을 동정하고 연민했습니다. 다시는 돌아오지 않을 시간을 허무하게 낭비했다는 생각에 자다가도 깨서 뜬눈으로 밤을 새우기도 했습니다.

그 연애가 끝난 지 1년도 더 지난 지금 시점에서 지금의 저는 어떨까요. 아직도 구남친의 흔적이 문득문득 휴대전화 앨범에서 튀어나오곤 하는데 그때마다 못 볼 것을 본 듯 두 눈을 질끈 감게 되더라고요.

참 재밌지 않나요? 그 사진을 막 찍었을 때만 해도 너무나 행복했는데, 지금은 그 사진을 보면 약간 괴롭기까지(?) 하니까요. 같은 사진이 불러일으키는 감정이 이렇게까지 변할 수 있다니! 한편으론 아름다웠던 나의 추억을 마음 편히 들여다볼 수 없다는 생각에 안타깝기도 합니다.

내가 이제 진짜 연애고 결혼이고 절대 안 하고 만다. 아니, 누군가를 만날 수도 있겠지. 하지만 그래도 내 마음은 안 줄 거야. 그냥 가볍게 만날 거야.

매일 다짐하고 또 다짐했습니다. 한평생 모르고 지내던 사람을 만나 평생을 함께할 것 같이 사랑을 하다가도 다시는 안 볼 사람처럼 휙 돌아서는 게 연애니까요. 대단했던 사랑도 한 순간 허무하게 녹아버려서 아무것도 아닌 게 된다는 걸 알아버렸거든요.

✳ 지나간 사랑을 후회하지 않고
다가올 사랑을 밀어내지 않는다면

그럼에도 불구하고 저는 이 연애를 후회하지 않기로 했습니다. 이 연애가 나에게 고통을 가져다줬을지언정 오늘의 '나'를 만드는데 크게 일조한 것은 분명하기 때문입니다.

나는 연애를 통해 몰랐던 내 모습을 '발견'할 수 있었고, 이별을 통해 나도 알고 싶지 않았던 내 자신을 모습을 보고 '성찰'할 수 있었습니다. 내가 뭘 좋아하는지, 뭘 견딜 수 없어하는지, 고쳐야 할 점은 무엇인지를 비로소 알 수 있었죠. 사랑과 이별을 겪었기에 조금 더 성장할 수 있었던 것 같아요.

그리고 그럼에도 불구하고, 같은 아픔을 다시 겪을 수 있다는 걸 알면서도 인간은 다시 사랑에 빠집니다(방금 주어를 '나'가 아닌 '인간'으로 바꿔 책임을 분산시키려고 했는데, 혹시 눈치 채셨을까요?).

다시 한 번 누군가를 좋아하고, 내가 좋아하는 사람에

게 사랑을 듬뿍 받으며 또 아무렇지 않게 연애를 시작하게 되었습니다. 이 행복한 순간들도 언젠가 끝을 맞이할 수 있다는 걸 알지만, 애석하게도 지금 이 순간만큼은 한없이 행복하네요.

이런 제 자신이 어리석게 느껴지기도 하지만 동시에 다시 사랑에 빠질 수 있다는 것만으로도 깊은 안도감을 느끼기도 합니다. 그리고 지금의 선택이 옳은 것인지, 틀린 것인지는 시간이 지나봐야 알 수 있기 때문에 시간보다 먼저 달려나가 불안해하지 않기로 했습니다.

'그럼에도 불구하고'라는 말은 어쩌면 연애에 있어서 가장 중요한 문장이 아닌가 싶어요. 모든 불확실성, 모든 아픔을 감수할 만큼 사랑은 우리에게 큰 행복과 깨달음을 가져다주기도 하니까요!

연애가 인생의 전부가 돼서는 안 되겠지만 누군가를 좋아하면 평범하게 지나갈 수도 있는 순간이 벅차오를 만큼 특별해지기도 하고, 오늘의 우리를 더욱 더 행복하게 만들어주는 건 분명합니다. 그리고 단언컨대, 연애를 할수록 나에게 맞는 사람을 만날 가능성이 커집니다.

우리 인간은 사랑이라는 감정을 계속 느끼며 살아갈 수밖에 없는 인간이라는 것을 인정하기로 해요. 그리고 여러분도 누군가와 사랑에 빠지는 것을 두려워하지 않기를 바랍니다!

지금 옆에 있는 사람이
날 떠나더라도

20대를 독차지한 장기 연애, 그리고 열병 같은 이별을 겪으며 얻은 게 있다면 '사랑'이라는 감정을 더 많이 이해하게 됐다는 거예요. 사실 아직도 사랑이 무엇인지 완벽하게 이해하진 못했지만 이전과는 확연히 달라졌습니다.

그리고 대부분의 사람들이 사랑은 결코 불완전해서도 안 되고, 변해서도 안 되는 '완벽한 무언가'라고 생각한다는 것도 알게 됐어요. 때로는 사랑에 대한 과도한 환상과 심리가 오히려 우리의 연애를 어렵게 만들기도 한다는 것도요.

✳ 사랑은 유한하지만
사랑의 기억은 무한합니다

다들 이런 친구 한 명쯤 있지 않나요? 어렸을 땐 너무 친하게 지냈지만, 나도 모르는 새 자연스럽게 멀어져 더는 안부조차 묻지 않게 된 그런 친구. 이제는 연락조차 하지 않는 남남이 됐지만, 함께했던 추억을 떠올리면 여전히 기분이 몽글몽글 해지는 친구요.

그 친구와의 우정은 어느 시점에 끝났던 게 분명해요. 하지만 우정의 유통기한이 다 했다고 해서 당시의 행복했던 기억이 사라지는 건 아니죠.

어릴 적 좋아했던 장난감이나 게임기가 있나요? 저는 어릴 때 닌텐도 게임기를 무척 좋아했어요. 온 가족이 잠들기를 기다렸다가 모두 잠든 것 같을 때 몰래 가슴을 졸이며 이불 속에서 게임을 즐기곤 했죠. 하지만 어느 순간

닌텐도를 서랍에 넣고 다시는 꺼내지 않게 되었죠.

모두에게 그런 순간이 있었을 거예요. 그날이 언제였는지 정확히 기억조차 나지 않겠지만요. 닌텐도에 대한 나의 사랑도 결국 유한했지만, 그렇다고 해서 당시 열과 성을 다했던 내 마음이 사라지는 건 아닌 게 분명하죠.

연인도 친구도 장난감도 모두 사랑의 테두리 안에 있지만, 조금은 다르게 느껴지죠? 그건 바로 사랑의 종류가 다르기 때문입니다. 그리스에선 남녀 간의 열정적인 사랑을 에로스(Eros), 친구나 동료 간의 친밀함을 필리아(Philia)로 구분해 불렀다고 해요. 그런데 우리는 유독 이 에로스에만 기준이 엄격한 것 같아요.

연인과의 사랑이 평생 갈 것이라고 생각하기도 하고, 완벽한 연애를 하고 싶은 마음에 말도 안 되는 이상을 좇는 사람들도 꽤 많습니다. 우리는 친구를 사랑했던 마음, 게임기를 사랑했던 마음은 쉽게 놓을 줄 알면서 그리고 영원할 거라는 높은 기준치를 두지도 않으면서 연인을 대할 때는 돌변합니다.

하지만 이런 엄격한 기준과 기대감은 미래에 대한 불안 혹은 현재에 대한 불만족을 낳습니다. 그러니 에로스적 사랑에 대해서도 조금은 다른 시각을 가져보면 좋겠어요. 에로스적 사랑은 다양한 형태와 모습으로 오고 떠납니다. 또 쉽게 성사되지도 않죠. 내가 사랑하는 사람이 나를 사랑하고 우리의 타이밍이 딱 맞았을 때 연애가 시작됩니다.

이렇게 어렵게 이뤄진 사랑이기 때문에 사랑하는 연인의 마음이 변할까 두려운 건 너무 당연한 감정이겠죠. 하지만 이 불안감 때문에 현재를 못 즐기게 된다면 어떨까요? 현명한 사랑이라고 할 수 있을까요?

우리에겐 이 사랑이 평생 갈 수도 있고, 아닐 수도 있다고 생각하며 이 또한 괜찮다고 받아들이는 자세가 필요해요. 우리가 게임기를 가지고 놀고, 동네 친구와 우정을 다질 때 '이 좋은 시간이 끝나버리면 어쩌지?' 하고 불안에 떨지는 않잖아요. 에로스적 사랑을 필로스적 사랑에 대입한다면 우리는 더욱 행복한 연애를 즐길 수 있을 거예요.

만약 연인과의 사랑이 끝난다고 해도 괜찮습니다. 심

지어 마지막이 안 좋더라도 그 사랑의 가치가 평가 절하될 이유는 없어요. 내가 그 사람을 진심으로 사랑했었다는 사실 또한 부정할 필요는 없습니다. 끔찍하게 장기 연애를 끝내 본 제가 감히 말씀드리자면, 저는 한때 깊이 사랑했었다는 사실을 부정하고 싶지는 않습니다. 사랑은 영원하지 않을지언정 당시의 감정과 함께 쌓았던 추억은 영원하니까요!

✳ 놓아주어야 할까?
붙들어야 할까?

8년이나 한 사람을 만날 수 있었던 이유들을 돌이켜보면 '놓아주지 못해서'가 가장 큰 비율을 차지하고 있었던 것 같아요.

사랑이란 건 완벽하고 또 영원한 거야.
그러니 내 사랑도 마찬가지야.

사랑에 대한 저의 잘못된 이상에 매몰되어 헤어나오지

못했죠. 저의 사랑도 완벽했으면 하는 강박에 사로잡혀 있었어요. 우리 둘의 관계에 문제가 있다는 사실을 외면하는 게 이 사랑이 언젠간 끝날 수 있다는 사실을 받아들이는 것보다 훨씬 쉬웠습니다. 당시의 저는 문제를 외면하기 위해 눈가리개를 쓰고 못 본 척하는 어리석은 선택을 했습니다. 문제가 있다는 것을 인식하고 받아들이는 순간, 사랑이 끝날 게 분명했으니까요.

저는 현재의 문제들은 무시한 채 오지도 않을 미래의 완벽하고 영원한 사랑만을 갈망하며 어리석은 연애를 이어나갔습니다. 하지만 무시한다고 해서 문제가 사라지는 건 아니었죠. 문제는 나날이 곪아갔습니다.

8년간의 장기 연애를 끝내는 건 정말 죽을 만큼 힘들었습니다. 하지만 이별을 계기로 저는 사랑에 대한 관점을 완전히 바꾸게 되었어요. 꼭 연인 사이의 사랑이 아닐지라도요. 가족, 친구, 내가 하는 일 또는 내 자신에 대한 사랑에 있어서도 어떤 마음가짐을 가져야 할지 고민하게 됐습니다.

예전의 저는 '이 관계를 맺기 위해 쏟은 시간이 아깝다'

는 생각을 많이 했던 것 같아요. 연인 사이 뿐 아니라 친구 사이에도요. 그 시간이 허무하게 사라지는 게 아쉬워서 이 별을 겪고 싶지 않았어요. 그래서 연인과의 문제에도 흐린 눈으로 넘어가려고 했던 것 같아요.

저의 이런 성향은 일을 할 때도 마찬가지였는데, 당시 에는 일이 잘 풀렸지만 유튜버의 인기라는 게 늘 정점일 수는 없잖아요. 언젠간 내리막길로 내려오게 될 텐데 이런 당연한 순리조차 받아들이지 못했어요.

그래서 일이 한참 잘되고 있을 때도 '일이 잘되지 않으 면 어쩌지' 하는 걱정을 하면서 조바심을 너무 많이 느꼈 죠. 이런 무의미한 걱정들로 시간을 낭비했고, 시간을 낭 비하며 감정 소모하는 게 너무 힘들다보니 일과 관련한 문 제가 눈앞에 닥쳐도 애써 못 본 척 외면하고 흐린 눈으로 바라보았습니다.

하지만 오랜 연애를 매듭지으며 앞으로 더 건강한 사 랑을 하기 위해 어떤 마음가짐을 가지게 되었는지 배우게 됐어요. 그래서 지금은 연애를 할 때 조금 더 강박을 내려놓 고, 현재를 즐길 수 있게 되었어요. 그만큼 매일매일 행복한 나 자신을 자주 만날 수 있어 뿌듯하답니다.

만약 지금의 연애를 할 때, 복잡한 마음이 든다면 아래의 5가지 질문에 답해보세요.

- ✔ 누군가 당신의 연인과 많이 닮았다고 하면 칭찬처럼 느껴지나요?
- ✔ 당신은 진심으로 행복한가요? 아니면 덜 외로운 것뿐인가요?
- ✔ 당신의 연인을 지금 있는 그대로 사랑하고 있나요? 아니면 상대방의 좋은 면이나 잠재력 또는 이상적인 모습만 사랑하고 있나요?
- ✔ 당신의 미래의 자녀가 연인과 같은 사람을 배우자로 만나길 바라나요?
- ✔ 당신은 부끄럼 없이 자신의 진짜 모습을 연인에게 보여줄 수 있나요? 아니면 연인에게 호감을 얻기 위해 내가 아닌 나의 모습을 보여줘야 하나요?

위 질문들에 답하면서 현재 연애에 대해 점검을 해보

세요. 그다음에 사랑에 대한 나의 기준에 대해 생각한다면 조금 더 행복하고 건강한 연애를 할 수 있겠죠?

우리의 간격을 좁혀주는
사랑의 언어

　　　　　　단도직입적으로 말하면, 저는 총 4명
과 연애를 해봤습니다. 횟수로만 보면 많은 편은 아니죠.
그런데 그거 아세요? 한 과학자에 따르면 확률적으로 최
적의 사람과 결혼하기 위해서는 3번의 연애가 필요하다고
해요.

　3번의 연애로 데이터베이스를 쌓아 비교하며 가장 좋
은 상대를 찾는 게 합리적이라는 거죠. 즉 적어도 3번 연
애를 해본 후 결혼해야 한다는 말입니다. 물론 지극히 확

률에 기반한 과학적인 해석이지만요.

✳ 다른 언어로
사랑을 말하는 우리

과학적인 연구와 별개로 실제로 연애는 하면 할수록 노하우가 생기는 것 같아요. 저도 마의 '3번 연애' 구간을 넘어서 그런지 주변에서 행복해 보인다는 말을 끊임없이 들을 정도로 꽤나 만족스러운 연애를 하고 있어요. 그런데 과연 무엇이 이 연애를 유독 편안하고 따뜻하다고 생각하게 하는 걸까요?

사랑에도 언어가 있다는 이야기 들어보셨나요? 외국에 선 'Love language'라는 말을 일상적으로 씁니다. 사랑을 전달하는 방법은 5가지가 있는데 나의 제 1언어, 즉 가장 많이 사용하는 방법과 상대방의 제1 언어가 다를 수 있다는 거예요. 개리 채프먼(Gary Chapman) 박사는 『5가지 사랑의 언어』(생명의말씀사, 2010)라는 책에서 사랑을 전달하는 5

가지 방법을 소개했어요. 이 방법은 연인 뿐 아니라 친구 가족에게도 해당하는 말이니 나와 상대방의 제 1언어가 무엇인지 살펴보세요.

① 인정하는 말(Words of affirmation)
- 소통 방법 : 상대의 말에 귀 기울이기, 칭찬과 격려해 주기, 공감하기
- 예 : 상대에게 깜짝 편지를 보내기, 따뜻한 격려의 말을 자주 해주기

② 육체적인 접촉(Physical touch)
- 소통 방법 : 비언어적인 바디랭귀지와 신체 접촉 하기
- 예 : 포옹, 손잡기, 키스 등 스킨십 자주 하기

③ 함께하는 시간(Quality time)
- 소통 방법 : 방해 요소 없이 일대일로 대화하는 시간 갖기
- 예 : 특별한 추억 쌓기, 산책하며 대화하기, 시간 내 단둘이 여행 떠나기

④ 봉사(Acts of service)

- 소통 방법 : '도와줄게' 같이 행동에 기반한 말하기, 상
  대와 내가 한 팀이라는 안정감 주기
- 예 : 어려운 일 도와주기, 아플 때 간호해주기, 바쁜 날
  대신 잡일 처리해주기

⑤ 선물(Receiving gifts)

- 소통 방법 : 상대가 1순위인 것처럼 대해주기, 시각적
  인 사랑의 요소 사용하기
- 예 : 뜻 깊은 선물 해주기, 선물 받았을 때 고마움 충분
  히 표시하기

여러분의 사랑의 언어는 무엇인가요? 그리고 친구나 연인의 사랑의 언어는 무엇인가요? 이 것을 알면 서로 소통할 때 더 잘 이해할 수 있어요. 예를 들어 나는 꽃이나 작은 선물을 받을 때 사랑을 느끼는 사람인데, 상대방은 가치 있는 시간을 보낼 때 사랑을 느끼는 사람이라고 가정해볼게요.

내가 아무리 고심해서 선물을 골라 선물해주어도 상대

방은 내 바람과 달리 큰 감흥이 없을 수도 있어요. 오히려 내가 휴대전화를 사용하지 않고 대화에 집중할 때 더 큰 사랑을 느낄 수 있죠. 즉 모든 사람들은 각자의 사랑의 언어로 말하기 때문에 진정한 소통을 위해서는 '주파수'를 맞춰 소통해야 한다는 거예요.

한 걸음 가까워지는 관계 치트키

처음 이야기로 돌아가 이번 연애가 지난 연애들과 다른 점은 바로 주파수가 통한다는 거예요. 저는 함께 같이 있는 시간을 보낼 때 가장 큰 사랑을 느끼는데, 지금의 연인도 마찬가지에요. 그래서 지금의 연애가 가장 쉽고 행복한 것 같아요.

애초에 나와 같은 사랑의 언어를 쓰는 사람을 만난다면 큰 노력 없이 사랑을 전달할 수 있겠지만 대부분의 사람들은 여러 개의 사랑의 언어를 가지고 있고, 시간에 따라 제1 언어가 바뀌기도 한다고 해요.

그러니 지금은 사랑의 주파수가 맞지 않아도 달라질 수 있고, 비록 제 1언어는 아니지만 제 2, 3언어가 맞아 서로를 이해할 수 있기도 하죠. 서로 맞춰가는 과정만 있다면 충분히 서로에게 사랑을 전달할 수 있다고 해요.

누군가 나와 잘 맞지 않아 답답하게 느껴지나요? '사랑의 언어'라는 치트키를 통해 상대방을 더 깊이 이해해보면 어떨까요? 나와 다른 사람들이 가득한 이 세상에서 사랑의 언어로 서로를 이해하려고 노력한다면 우리의 관계는 훨씬 더 좋아질 테니까요.

사람으로 받은 상처에
필요한 연고

　　　　　　사실 마지막까지 이 이야기를 꺼낼지
말지 참 많은 고민을 했습니다. 왜냐면 제 연애 이야기를
적는 순간, 그 내용이 평생 이 책 안에 박제될 테니까요.

　사회에서 터부시여기는 '커플 문신' 같은 걸 자처해서
쓰는 건 아닐까. 엄마에게 등짝 스매싱을 맞지는 않을까.
아직도 불안하긴 합니다. 그래서 '에이 아무도 여기까지는
안 읽겠지'하며 사심을 담아 맨 마지막 챕터에 넣기로 했
습니다.

✳ 인간의 어리석음은 끝이 없고
같은 실수를 반복합니다

'20대가 사귀고 헤어지는 게 무슨 대수냐'고 할 수도 있겠지만, 제 경우는 조금 특별했어요. 앞에서 언급했듯 저는 8년간 장기 연애를 했고, 20대의 대부분을 한 사람과 함께했죠. 이별이 아름다울 순 없겠지만, 제 연애의 마지막은 정말 폭풍 같았습니다.

유튜버로서의 커리어 뿐 아니라 멘탈, 일상까지 제 모든 것을 부서졌죠. 한때 사랑했던 사람과 적이 되었고, 얼굴도 모르는 사람들의 공격과 맹비난이 쏟아졌습니다. 결국 법적 처분까지 취해진 후에야 저의 연애는 진짜로 끝이 났습니다.

온라인상에 연애가 공개됐던 사람이었기 때문에 제 시끄러운 헤어짐의 과정은 얼굴도 모르는 사람들의 안줏거리가 되기도 했습니다. 또 다시 누군가를 사랑할 수 있을지, 중고품 같은 나를 사랑해줄 누군가가 이 세상에 있기는 할는지 혼란스러운 마음에 고요한 새벽을 뜬 눈으로 지

새우기도 했어요.

그러나 인간은 과오를 잊어버리고, 상처에 무뎌집니다. 아무리 힘든 일이 있어도 언제 그랬냐는 듯 웃어넘길 수 있게 되죠. 저도 마찬가지입니다. 학창 시절 시험 치기 전 공부할 때는 자꾸만 잊어버리는 내 머리가 원망스럽기만 했는데, 사실 이건 신이 인간에게 내린 가장 큰 은총일 수도 있겠다 싶더라고요.

절대로, 다시는 누군가를 믿지 않겠다고 마음속으로 수만 번 다짐했던 저는 결국 언제 그랬냐는 듯 또 누군가를 좋아하게 됐습니다. 사실 한동안은 이런 제 자신이 너무 어리석게 느껴져 이 자연스러운 감정을 부정하기도 했어요.

피해망상일 수도 있겠지만, 사람들의 따가운 시선이 두려웠어요. '쟤는 남자 없이 못 사나봐', '쟤는 그렇게 당하고도 또 연애를 하네?'라는 말들이 보이는 것 같았죠. 나도 내 자신이 정말 학습을 못하는 어리석은 인간인 게 아닌지, 자괴감이 들기도 했고요.

작년 이맘때 쯤 엄마에게 이런 저의 복잡한 마음을 털어놓았습니다. 저는 사실 철 좀 들으라는 꾸중을 들을 줄 알았어요. 그런데 엄마는 저에게 이렇게 말씀하시더라고요.

엄마는 너가 이 모든 일을 겪고도 여전히 사랑할 줄 아는 사람이라 너무 다행이야.

제게는 그 말이 참 와닿았어요. 사랑의 쓴맛을 보고도 여전히 사랑을 할 줄 아는 사람이라는 거. 꽤 나쁘지 않게 들리더라고요. 저는 살면서 내내 그런 사람이 되고 싶었던 것 같아요. 저는 엄마의 말에 용기를 얻어 다시 누군가에게 마음을 주고 삶을 공유하기 시작했습니다. 수줍은 마음으로 고백하자면… 저는 다시 사랑을 하고 있는 것 같아요.

❋ **남을 사랑하기에 앞서**
나를 진심으로 사랑할 것

물론 지금 만나고 있는 연인과 평생을 함께할 거라는

보장은 없죠. 그리고 앞에서 말했듯 이 사랑이 영원하지 않더라도 괜찮습니다. 하지만 이 사람과 일상을 공유하는 이 순간만큼 저는 너무나 큰 행복을 느낍니다. 지난 연애의 아픔은 다 잊을 수 있을 정도로 하루하루가 따뜻하고 가득찬 것처럼 느껴집니다.

너 혼자서도 할 수 있는 거 알아, 하지만 내가 도와주고 싶어.

이것이 한층 더 성숙해진 세 연애의 온도인 것 같습니다. 우리는 각자 혼자서도 잘 살아가는 개개인이지만, 혼자서도 스스로의 상처를 어루만질 수 있는 독립적인 사람들이지만, 그럼에도 불구하고 서로의 상처를 어루만져 주는 게 바로 '사랑' 아닐까요.

상처받았다고 해서 마냥 아무나에게 가서 상처를 어루만져 달라고 하라는 이야기가 아닙니다. 이 에세이에서 많이 이야기했듯, 가장 중요한 건 '나 자신'을 존중하고, 사랑하고 아낄 줄 아는 사람이 되는 겁니다. 우선은 내가 나의 친구가 되어주고, 나의 상처를 스스로 어루만져줄 수 있는 사람이 되면 좋겠어요.

　하지만 세상을 혼자 살아갈 필요는 없잖아요? 모든 일을 혼자 다 감당해야 할 필요도 없고, 내가 받은 상처를 혼자서 치료하기에는 버거울 수도 있어요. 이때는 '사람으로 받은 상처에 사람이라는 연고'를 써봅시다.

　"사람은 사람으로 잊는다"는 말이 있듯 때로는 누군가에게 의지하고 사랑 받아도 된답니다. 만약 내 주변에 연고가 되어줄 사람이 없다면, 이 책이 당신에게 그런 존재가 되어줬으면 좋겠네요.

　첫 장에서 이야기 했듯 살다 보면 때로는 안 좋은 일이 닥치기도 하고, 혼자서는 감당할 수 없는 어려움에 맞서 싸워야 할 때도 있습니다. 하지만 절대 잊지 말아야 할 사실은 온 세상이 나를 등지더라도, '나 자신'은 언제 나와 함께 하고 있다는 겁니다.

　상황을 바꿀 순 없을지라도 나 자신이 상황을 대하는 생각을 바꿀 순 있습니다. 모든 사람에게 사랑받을 순 없어도, 나 자신을 사랑할지 말지는 오로지 나에게 달려있습

꼭 세상을 혼자 살아갈 필요는 없잖아요?
모든 일을 혼자 다 감당해야 할 필요도 없고,
내가 받은 상처를 혼자서 치료하기에는 버거울 수도 있어요.
이때는 '사람으로 받은 상처에 사람이라는 연고'를 써봅시다.

니다. 그러니까 이 책이 당신 스스로를 사랑할 수 있게 도울 수 있었으면 좋겠어요.

이 책의 마지막 페이지에 여러분께 꼭 남기고 싶은 이야기가 있어요.

지구의 모든 사람이 당신에게 등 돌린다 해도 당신을 진심으로 응원하고 있는 한 사람이 여기 있다는 사실을 기억해주세요. 그리고 제 응원의 목소리가 필요할 때 이 책이 당신 책장에 꽂혀 있다는 사실을 떠올려주세요.

그럼에도 불구하고 나는 내가 좋았어

ⓒ 박채린, 2024

초판 1쇄 인쇄 | 2024년 6월 4일
초판 1쇄 발행 | 2024년 6월 12일

지은이 | 박채린
책임편집 | 김다미
콘텐츠 그룹 | 배상현, 김아영
디자인 | studio forb
일러스트 | 임수현

펴낸이 | 전승환
펴낸곳 | 책 읽어주는 남자
신고번호 | 제2021-000003호
이메일 | bookpleaser@thebookman.co.kr

ISBN 979-11-93937-10-5 03810